ज्ञान गरिमा के
70 वर्ष

भारतीय ज्ञानपीठ



णाणं
पयासयं
वीर नि.सं. 2470
ई.सन् 1944
भारतीय ज्ञानपीठ

# आगे जो पीछे था

(उपन्यास)

# आगे जो पीछे था

मनीष पुष्कले

भारतीय ज्ञानपीठ

लोकोदय ग्रन्थमाला : ग्रन्थांक 1297

ISBN 978-93-263-5490-5

**आगे जो पीछे था**

(उपन्यास)

**मनीष पुष्कले**

**प्रथम संस्करण : 2016**
**मूल्य : 200 रुपये**

प्रकाशक : **भारतीय ज्ञानपीठ**
18, इन्स्टीट्यूशनल एरिया, लोदी रोड, नयी दिल्ली–110 003

मुद्रक : विकास कम्प्यूटर्स ऐंड प्रिन्टर्स, दिल्ली–32

आवरण : महेश्वर



AAGE JO PICHHE THA
(Novel)
by Manish Pushkale

Published by
**Bharatiya Jnanpith**
18, Institutional Area, Lodi Road, New Delhi-110 003
Ph. : 011-24698417, 24626467; 23241619 (Daryaganj)
Mob. : 9350536020; e-mail : bjnanpith@gmail.com
sales@jnanpith.net; website : www.jnanpith.net

**First Edition : 2016**
**Price : Rs. 200**

कामनाद्यादी को

कामनाद्यादी : कामना और हमारे दो बच्चों आद्या और आदि को
यशस्वी कथाशिल्पी कृष्ण बलदेव वैद का दिया एकल, आत्मीय संबोधन।

# आभार

उच्च अध्ययन केन्द्र, नान्त (फ्रांस) का, जिसने अपनी अध्येतावृत्ति के तहत आमन्त्रित तो किया था एक चित्रकार को, लेकिन वहाँ के के सदार्पण निसर्ग और उर्वर एकान्त के अनुषंग में उसके रंग-शिखर पर ये शब्द-पुष्प भी मंजरित हो गये।

# अपनी बात

अपनी अनुभूतियों के कुछ हिस्से को शाब्दिक भाषा में भी परिवर्तित कर सकूँ यह मेरे लिए सदा बड़ी चुनौती है। किसी भी भाषा के साँचे में ढलने के दौरान अनुभूतियाँ अपने कुछ अंश स्वत: खो बैठती हैं। अंश, जो हमारे स्मृति-कोष में होकर भी हमारी भाषा में नहीं आते, जिनकी स्वयं में अपनी कोई भाषा नहीं होती, जो अपने आत्म-प्रतिबन्ध में सुप्त, अव्यक्त रहते है। हम अपनी भाषा में उनसे अपना सम्बन्ध बनाते हैं, उनके इर्द-गिर्द अपनी भाषिक बागड़ लगाकर उनमें अपनी आत्मीयता जगाते हैं! जब भाषिक सटीकता और भाव समीपता का भेद पट जाता है, तब अनुभूत अंशों और आत्मीयता में अन्तर्निर्भरता प्रकट होने लगती है।

इस उपन्यास की शुरुआत उसे व्यक्त करने के उद्‌देश्य से नहीं हुई थी। बल्कि अन्त तक गद्य से यह अपनी भाषा और भाषा से खुद को समझ सकने का एक उपक्रम रहा आया। इसमें दरअसल जो कहानी प्रकट हो रही है वह, कम-से-कम मेरी नजर में, सिर्फ एक कहानी न होकर भाषा का वह विपुंजित अर्थ है जो अपने कथन से निष्पन्न हो रहा है।

एक चित्रकार होने के नाते मेरे लिए रूप और शब्द की उस नाभि को खोज सकना और भी आवश्यक हो जाता है, जिसमें उनका मूलाधार छिपा है।

## एक चित्रकार की मीमांसा

शब्द–परिधि;

शब्द : जिसका विपर्याय भी है और वक्रोक्ति भी

परिधि : जिसके समक्ष रूप रिसता है।

# अनुक्रम

# वे देखकर चलना चाहते थे, चलकर देखना चाहते थे

वे आज की तप्त दोपहर और कल की तीव्र दुविधाओं के बीच, अपने असमंजसों की आन्तरिकता में, अपने मन के दरिया-जल में तैर रहे थे।

वे अपनी देहरी से अपनी ही देह के भीतर, अपने तीक्ष्ण आन्तरिक झंझावातों में कूद चुके थे। जिसकी उत्कट-उग्रताओं में लहराते हुए, उसकी गहनताओं में गोते लगाते हुए, उन गोतों से स्वयं को ही अपने पैंतरे दिखाते हुए, अपने ही पैंतरों से स्वयं ही पटखनी खाते हुए, अपनी विवशताओं को अपने वश में लाते हुए, अपनी विवशताओं को अपनी विशेषताएँ बनाते हुए आज की इस तप्त दोपहर में, आज वर्षों बाद वे अपने शीशमहल से बाहर निकलने का प्रयत्न कर रहे थे।

वे इस झुलसती दोपहर की तड़कती धूप में उस शीशमहल की दहकती देहरी पर, अपनी दुविधाओं और उनके भीतरी भेदों की लड़खड़ाती लचकों के मध्य बहती लू के गर्म थपेड़ों से झुलसते अपने हाथों में कुछ लिए हुए स्थिर खड़े थे।

उनकी एक मुट्ठी में चमड़े की पुरानी अटैची और दूसरी मुट्ठी में शीशमहल की सीढ़ियों से एकत्र की हुई पुरानी धूल बिन्धी थी। मुट्ठी-भर धूल का भार उनकी इस अटैची के भार से कम, बराबर या ज्यादा था यह कह पाना मुश्किल है। धूल ज्यादा पुरानी थी या अटैची यह बता पाना भी उतना ही मुश्किल है। अपनी दुविधाओं की लड़खड़ाहटों के बीच उन्होंने पहले धूल उठाई थी या अटैची, उनकी मुट्ठियों को देखकर समझ पाना भी दुष्कर था। दोनों में से उनकी कौन-सी मुट्ठी पहले अस्तित्व में आई होगी यह रहस्य सिर्फ़ वे ही जानते थे। उनकी मुट्ठियों का राज, उन्हीं की मुट्ठियों में कैद था। किसी जुड़वाँ के भाँति उनके दोनों हाथ, लगभग हम-शक्ल और बिलकुल हम-उम्र थे।

शीशमहल की इस देहरी पर खड़े हुए उनकी ठिठकी आँखें उससे बाहर के तप्त दृश्य पर टिकी थीं। वे, देहरी के भीतर की दोपहर में अपने ठिठके क़दमों से और देहरी से बाहर की दोपहर में अपनी ठिठकी आँखों से, अब मन-ही-मन में

चहलक़दमी कर रहे थे। अपनी आँखों से बाहर के उस दृश्य को बुहारते हुए और अपनी नज़रों से उस देहरी को लाँघते हुए, अपने सम्भावित क़दमों की भावी जमीन के टुकड़ों को वे अपनी ही नज़रों से फूँक रहे थे।

वे अपनी निगाह में, अपनी नज़र की डगर पर चलने का प्रयत्न करनेवाले थे। देहरी के एक ओर उनकी ठिठकी निगाह और दूसरी ओर उनके ठिठके क़दमों के बीच बचा फ़ासला ख़त्म होनेवाला था।

वे अपनी नज़र से तो देहरी के बाहर निकल चुके थे और अब अपने क़दमों से उसी देहरी से बाहर निकलनेवाले थे। तप्त देहरी की उठान ने उनकी नज़र और उनके क़द में थोड़ा इजाफ़ा कर दिया था।

वे देखकर चलना चाहते थे;

वे चलकर देखना चाहते थे।

अपनी हिचक से बाहर आनेवाले थे।

आज, वर्षों बाद शीशमहल से बाहर निकलने के कौतुहल ने उनकी बेजारी और बेचैनी को मिलाकर, उन्हें अपने ही अनिश्चयों से निष्पन्न किसी बेरंग और बोझिल-सी पहेली के समक्ष, एक विचलित मन:स्थिति के भार में अधर में छोड़ दिया था। वे संशय में थे। आज उनका मन उदास और उचाट था।

वे आज अपनी उत्कंठा में उस उत्तप्त देहरी पर खड़े होकर बाहर देख रहे थे। बाहरी संसार उन्हें किसी भूलभुलैया-सा प्रतीत हो रहा था। हमारी अपनी मन:स्थितियों के भेद में, हमारे उत्साह के 'बाहर' और हमारी उदासी के 'बाहर' में वैसा ही फ़र्क़ होता है जैसा कि हमारे उत्साह के 'भीतर' और हमारी उदासी के 'भीतर' में। लेकिन उस दोपहर में वे अपनी मन:स्थितियों के उन भेदों पर नहीं बल्कि उस दहकती देहरी पर विचलित खड़े थे जो सपाट थी, निरपेक्ष थी।

वे सिर्फ़ अपना शीशमहल ही नहीं बल्कि 'खुद' को भी छोड़कर उस दहकती देहरी की सपाट देह के बुखार पर, अपनी उत्तप्त आन्तरिकता में खड़े थे।

वह निरपेक्ष देहरी, जिस पर अपना आन्तरिक ज्वर बुनते हुए वे संसार की गुत्थी में किसी पहेली-ग्रन्थि की तरह उतरनेवाले थे।

## वे देहरी से बाहर आ चुके थे;
## अपनी टीस से भी बाहर आना चाहते थे

देहरी उनकी आतुरता और उनके विचलन का सम बन चुकी थी। देहरी के बाहर, दोपहर में सुलगती सड़क पर तैरती गर्म हवाओं के भभकों की भाँति ही अभी तक उनकी भी न तो कोई मंजिल तय थी और न ही कोई दिशा। वे इस देहरी से कहीं भी जा सकते थे। उनका 'कहीं-भी', किसी भी दिशा में हो सकता है। उनकी दिशा, 'कहीं-भी' हो सकती है। यह भी हो सकता है कि उनकी मंजिल और उनकी दिशा एक ही हों। उनका 'कहीं-भी' अनन्त सम्भावनाओं से भरा था। उनकीं दृष्टि में सम्भावनाएँ 'कहीं-भी' अनन्त हो सकती थीं।

वे उस दहकती देहरी पर खड़े-खड़े देख रहे थे। दीखता संसार उनकी नज़र में तो आ चुका था, लेकिन उसका अभी उनकी दृष्टि में आना बाक़ी था।

उस अधीर दोपहर में उनके शीशमहल की छटपटाती तप्त देहरी जैसे किन्हीं दो अज्ञातों के मध्य, उनको विभाजित करती हुई एक ज्वर-रेखा बन गयी थी। रेखा, जिसके भीतर एक अज्ञात-लोक था तो उसके बाहर दूसरा अज्ञात-लोक। शीशमहल में 'भीतरी' अज्ञात, व्याप्त था।

देहरी के बाहरी अज्ञात-लोक से कोई भी शीशमहल में प्रवेश नहीं करता था। हाँ, कभी-कभार शीशमहल की इस देहरी पर कुछ जिज्ञासु आगन्तुक अकस्मात् ही प्रकट जरूर होते थे, लेकिन सिर्फ़ उनकी जिज्ञासाएँ ही शीशमहल के 'भीतरी' अज्ञात-लोक में प्रविष्ट हो पाती थीं। इस प्रकार शीशमहल में प्रविष्ट हो चुकी 'बाहरी' जिज्ञासाएँ उनके साथ ही रहती थीं। शीशमहल के बाहर, उनकी 'भीतरी' जिज्ञासा बनी रहती थी।

आज, शीशमहल के भीतर 'बाहरी' जिज्ञासाएँ शेष रह गयी थीं। वे, इन ग़ैर-जिज्ञासाओं के बग़ैर अपनी तप्त देहरी पर भ्रमित, अकेले खड़े थे।

आज, वर्षों बाद उन्होंने अपने शीशमहल की देहरी को लाँघने का मन बनाया था।

आज, उनका मन किसी बाहरी स्वर्ण-मृग के सम्मोहनों से ग्रसित नहीं बल्कि अपनी भीतरी मृग-मरीचिकाओं से विचलित था। जिनके प्रभावों में उस तप्त देहरी पर ठिठके, खड़े हुए वे इन भीतरी और बाहरी मरीचिकाओं का मिलान करने का विचित्र प्रयत्न कर रहे थे।

देहरी पर खड़े-खड़े, उससे अपने बाहर-भीतर देखते-देखते, उनकी मरीचिकाओं और पहेलियों में उलझे-उलझे, वे स्वयं में एक पहेली-पुरुष जैसे ही हो चुके थे।

उनकी नज़र में तो समाज का पतन बहुत पहले ही हो चुका था। अपनी टीस में वे यह भी मानते थे कि शीशमहल की देहरी के भीतर बने रह कर, जड़ समाज में स्वयं की अनुपस्थिति से वे उस समाज को उसके उत्थान से निर्विकल्प किए रखते हैं।

सदियों पहले अपने पुरखों पर हुईं यन्त्रणाओं का बदला लेने का यह उनका अनूठा ही तरीक़ा था। वे स्वयं को अपने पुरखों की श्रुति-संवेदनाओं का अन्तिम बीज मानते थे। उनकी नज़र में समाज अपनी खंडित चेतना के कारण बहुत पहले से ही अपरिष्कृत होते-होते, अब पूर्णतः जड़ हो चुका था।

आज, अपनी इस देहरी को लाँघते हुए उन्होंने अपनी नज़रों से फुँकी जमीन के उस क़तरे पर, उसके आँगन की दहकती हथेली पर किसी नज़राने-सा अपना पहला क़दम धीमे से रख दिया था। तप्त देहरी की कसक से बाहर, अज्ञात-लोक के अराजक आँगन में खड़े हुए वे इस असमंजस में थे कि आख़िर जाएँ तो जाएँ किस ओर?

इतने वर्षों तक देहरी के भीतर रहे आने का तो उद्देश्य था, लेकिन बाहर जाने का उद्देश्य...? अकसर बाहर जाने का कोई न कोई उद्देश्य होता है। निरुद्देश्य अवस्था अगर बाहर और भीतर के भेद को उदासीन करती है तो एक उद्देश्य उद्भ्रान्ति को पारदर्शिता देता है। उसे निरपेक्ष करता है।

वे देहरी के बाहर अपनी मंजिल और अपनी दिशाओं के साथ अब अपनी इस यात्रा का उद्देश्य भी खोज रहे थे।

आज वर्षों बाद अपने शीशमहल से बाहर आकर वे शायद समाज के वैभव, उसके मर्म, उसके निखार और उसकी संवेदनशीलता की टोह लेना चाहते थे।

वे अब देहरी से बाहर आ चुके थे।

अब अपनी टीस से भी बाहर आना चाहते थे।

# वे अपने ध्यान में ध्यान की दिशा में चल दिए थे

इस प्रचंड दोपहर में वे अपनी एक मुट्ठी में लटकती पुरानी अटैची और दूसरी में बिन्धी पुरानी धूल लिए हुए, दहकते आँगन के धधकते अंगारों की आँच में खड़े थे। इस दोपहर की धूप से उत्तप्त, आँगन में बिखरे पड़े ईंट के टुकड़े, अपनी रंगत में फड़कते अंगारों जैसे ही दीख रहे थे। जिनकी आँच में उनका गला रीत रहा था और उनकी मुट्ठियाँ पसीज रही थीं। उनके हलक़ का पानी उनकी मुट्ठियों से रिस रहा था। जमीन से निकलती और आसमान से बरसती दो गर्मियों के बीच पकती उनकी देह से कभी उनका पसीना रिसते-रिसते अदृश्य हो रहा था और कभी अदृश्य होते-होते उसमें से रिसने लगता था। उनमें रिसना और रीतना एक साथ हो रहा था। आँगन में उनके पसीने की बूँदें सतह पर बिखरे अंगारों तक पहुँचने के पहले ही अपने अवकाश में स्वाहा होती जा रही थीं।

इस आँगन से किसी अज्ञात-गन्तव्य की ओर गमन, उस गमन में किसी अज्ञात-दिशा की खोज और इस खोज से यात्रा का उद्देश्य पा सकने की कोशिश का श्रीगणेश करने से ठीक पहले, उन्हें सहसा ही अपनी मुट्ठी में बिन्धी उस पुरानी धूल का अहसास हो आया था जो किसी भी क्षण उनके पसीने में गुँथ कर अब मुट्ठी-भर कीचड़ बन सकती थी। इसके पहले कि वह धूल, कीचड़ होकर उन अंगारों में भस्म हो जाए, उन्होंने किसी कली-नुमा अपनी मुट्ठी को ऊपर उठाकर, उसकी पंखुड़ियों जैसी अपनी उँगलियों को धीमे-धीमे खोलते हुए, उसमें बिन्धी धूल को कुछ ऐसे झरा दिया था जैसे धीमे-धीमे खिलते किसी फूल से पराग झर जाता है।

धूल, बहती गर्म हवा के बहाव में आकर अंगारों के ऊपर से होती हुई उस आँगन की पूर्वी दिशा में उड़ गयी थी। इस प्रकार से उनकी उद्देश्यहीन यात्रा को दिशा-संकेत मिल गये थे। संकेतों से, गन्तव्यों की सम्भावनाएँ खुल गयी थीं। संकेतों को पा सकने का सूत्र भी उन्हें मिल गया था। इसी सूत्र से, भविष्य के भँवर में दिशा-भ्रम के मौक़ों पर अब वे उड़ती धूल के बहाव से अपनी यात्रा की

दिशा तय कर सकेंगे।

अंगारों की तपिश में जलने से बचे रहे आए आँगन में बिखरे पड़े सूखे पत्ते भी उनके विचार और बहती लू के बहाव में उसी पूर्वी दिशा में उन्हीं अंगारों के ऊपर से उड़ चुके थे जिस दिशा में उन्हीं अंगारों के ऊपर से अभी-अभी वे पराग-कण उड़े थे। लू, पत्तों और धूल की दिशा एक हो गयी थी। उनका ध्यान भी जमीन से निकलती और आसमान से बरसती दो गर्मियों की समरसता के साथ उस सड़क की ओर उड़ चला था जो तप्त देहरी की पूर्वाशा थी।

वे, अपने ध्यान में, अपने ध्यान की दिशा में चल दिए थे।

# नाम और होश का पुराना सम्बन्ध टूट चुका था

सड़क पर चलते हुए उनकी मुट्ठी में लटकती पुरानी अटैची अपने भीतर ठुँसे उनके पुराने कपड़ों, पुरानी किताबों के पुराने भार से नहीं अपितु वह अपनी जीर्ण अवस्था के वर्तमान से और अपने वर्तमान की जीर्ण अवस्थाओं से चरमरा रही थी।

पुरानी अटैची में बन्द उनकी पुरानी किताबों की वर्कों में उनके चित्रों की पुरानी तस्वीरों के साथ उनकी उन प्रदर्शनियों के कुछ आमन्त्रण-पत्र भी फँसे हुए थे जिनमें वे कभी नहीं गये थे। किताबों में फँसी तस्वीरें और आमन्त्रण, उनके पढ़े की पुरानी यादें थीं।

पुरानी अटैची के उतने ही पुराने एक कोने पर, अटैची से कम पुराने काग़ज की पुरानी सफ़ेद पर्ची चिपकी थी। पुरानी पर्ची के काग़ज की सफ़ेदी, पुरानी होती-होती ठीक वैसे ही थोड़ी कम पुरानी पीली हो चुकी थी जैसे उनके पुराने काले बाल समय के साथ, धीमे-धीमे थोड़े कम पुराने सफ़ेद हो चुके थे।

पर्ची की पुरानी सफ़ेदी पर, उसकी कम पुरानी 'पीलायी' से बहुत पहले, उन्होंने अपना नाम एक गहरे स्याह रंग से वर्षों पहले स्वयं ही लिखा था—'प्रारब्ध कुमार'।

उनका नाम स्याही, काग़ज और क़लम से थोड़ा ज्यादा लेकिन स्वयं उनसे थोड़ा कम पुराना था। समय के साथ स्याही का पुराना रंग, कम पुराना फीका रंग हो गया था। स्याही का कम पुराना फीका रंग कम पुराने पीले पर किसी नए सफ़ेद कागज पर नई स्याही-सा जँच रहा था। उनका नाम, पुरानी पीली पर्ची पर नया-नया पुराना-सा दीख रहा था।

उन्होंने अटैची पर चिपकी इस पर्ची को फाड़कर पुरानी-दिशाओं में तैरती पुरानी हवाओं के नए वेग में उड़ाने के पुराने तरीक़ों ही से उड़ा दिया था। उनकी पुरानी अटैची अब नई-नई बेनामी हो गयी थी।

पुरानी पर्ची के नए पुर्जे, पुराने आँगन में आज के अंगार, पुरानी लू में आज के वेग, पुराने सूखे पत्तों की आज की उड़ान और पुरानी धूल की पुरानी दिशा में

आज के नए आवेग़ से उड़ चुके थे।

वे, बेनाम होकर, अपने पुराने नाम के उड़ते नए स्वाधीन टुकड़ों के पीछे-पीछे कुछ ऐसे हो लिए थे जैसे अपने ही उड़ते पुराने होश का पीछा कर रहे हों।

नाम और होश का पुराना सम्बन्ध टूट चुका था।

एक बेनाम की गन्तव्यहीन यात्रा शुरू हो गयी थी।

# ख़ाली-ख़ाली,
# खुला-खुला दीखता था

वे निराकांक्षी भाव से, निरुद्देश्य ही इस सड़क पर उस पुरानी अटैची और अपने पुराने अवसादों के भार को उठाए पैदल चले जा रहे थे। जिस प्रकार उत्साह और उद्देश्य से बाहर निकलने पर हमें हर राह अभ्रान्त और अपनी-सी लगती है उसी प्रकार अवसादों के घेरों से उपजे दिग्भ्रमों में हमें अपनी जानी-बूझी राहें भी अनजानी और भ्रामक सी लगने लगती हैं।

शहर, चौराहे और गलियाँ, मकान और उन बाजारों के मंजर जिनके इर्द-गिर्द उनका अतीत बसा था, आज वर्षों बाद उन्हें अनजाने और अनवगत स्थलों से ही लग रहे थे। उनका अतीत, अपने वर्तमान से अपना मेल खो बैठा था। आज उनकी स्मृति और उनका यथार्थ, उनकी अटैची की ही तरह उनमें चरमरा रहे थे।

इतने वर्षों में उनकी परिचितता उनकी ही अनभिज्ञता बन चुकी थी। शायद यह अनभिज्ञता, समय में बाहरी विकास और स्वयं के भीतरी विषाद के परस्पर कारणों से बनी हो?

किसी अनदेखे शहर की अनजान सड़कों पर भटकने की अबोध्यता, अपने ही शहर की भीतरी अजनबियत और उसकी अज्ञेयता से अलग होती है। जब भिज्ञ से सम्बन्ध क्षीण हो जाता है तो हमारे मानस में उपस्थित अपने ही अतीत की क्रमबद्ध स्मृतियाँ जैसे अचानक ही अपने क्रम को तोड़ती हुईं हमारी आँखों के सामने छा जाती हैं। जब स्मृति और यथार्थ बेमेल लगने लगते हैं तो भिज्ञ, स्वतः ही अनभिज्ञ होता जाता है। वे, उन मंजरों को एक अजनबी की भाँति, अपने कौतूहल से देख रहे थे।

अपने अतीत की इस सड़क पर चलते हुए, उससे अपने वर्तमान का साझा करते हुए उन्हें वह सब याद आ रहा था जो कभी यहीं उनके जीवन में घटा था। तब यह सड़क शहर की नहीं उनके जीवन की मुख्य सड़क होती थी। अब वह सड़क उनके जीवन की नहीं लेकिन शहर की मुख्य सड़क हो चुकी थी।

कभी-कभार बारिशों में खस्ताहाल हो जाती इस सड़क को वर्षों पहले तक

उन्होंने कई बार ठीक वैसे ही दुरुस्त किया था जैसे किसी ज़ख़्मी देह की देखभाल की जाती है। इस सड़क के इर्द-गिर्द लगे भाँति-भाँति के वृक्षों को उन्होंने ही रोपा था। वे वृक्ष अब फलदार, फूलदार और छाँवदार हो चुके थे। जिसे जो चाहिए वह उनसे अब ले सकता था।

उस तीव्र दोपहर में सड़क पर चलते हुए, स्वयं पर गिरती उन वृक्षों की छाँव को सोखते हुए, अपनी परछाईं और वृक्षों की छाँव से बनती आकृतियों को इस सड़क की सतह पर देखते हुए, उन आकृतियों के बीच-बीच में वृक्षों से झरे फूलों को कभी लाँघते और कभी कुचलते हुए, वे अपनी चरमराती पुरानी अटैची उठाए चले जा रहे थे।

आज, सड़क बिल्कुल-खाली और वीरान थी।

भीषण गर्मी में तेज लू की लपटों ने इस भभकती सड़क के डामर को इतना गर्म और उसकी तह को इतना नर्म कर दिया था कि उनके जूतों की छापें ढीले पड़ चुके डामर पर, उनके पीछे-पीछे उगती जा रही थी। इस यात्रा में वे अपनी इस उपज से अनभिज्ञ थे। क़दम-दर-क़दम उनके पीछे छूटती जातीं उनके जूतों की इन छापों में तेज चलती लू से उड़कर आती मिट्टी और उन पेड़ों से झरे सूखे फूल पैठते जा रहे थे। सड़क पर झरे फूलों से भरी उनके जूतों की छापें देखने में कुछ ऐसी लग रही थीं कि जैसे इस सड़क पर किसी मनुष्य ने नहीं, बल्कि स्वयं प्रकृति ने किसी मनुष्य के क़दमों से यहाँ चहलक़दमी की हो।

कुछ वर्षों पहले तक यह सड़क, एक वीरान और निर्जन जमीन मात्र थी। यह सड़क जैसे अब उसी विरल जमीन की रिक्तता पर उसके आभ्यन्तर की पूर्ति बन गयी थी। जब गर्मियों के दिनों में इस सड़क के इर्द-गिर्द उसकी बेबस जमीन पर, इधर-उधर उग आई घास-फूस सूख जाती थी तो उस विरल जमीन का रीतापन और गहरा हो जाता था। जैसे प्रकृति अपने ख़ालीपन पर यहीं उतरती थी। यहाँ उसका ख़ाली-ख़ाली, बहुत खुला-खुला दीखता था।

गर्मी की तपिश से सड़क का डामर पिघल कर अपनी ही किनारियों की साफ़गोई को दूषित करता, उसे उसके ही हाशियों पर फैलाता, द्रवित होकर उसके छोरों की समाप्तियों पर फैलने का प्रयत्न-सा करता दीखता था।

इस सड़क के बाद जमीन के विरल विन्यास में फाँक पड़ गयी थी। सड़क ने विरल को विभाजित कर दिया था। अब यह सड़क असीम ख़ाली और निस्सीम वीरानगी के बीच की बागड़-सी दिखती थी। हो सकता है कि आसमान में उड़ते परिन्दों को शायद इस जमीन का खुला-खुला और ख़ाली-ख़ाली दृश्य, अपने खुले-खुले और ख़ाली-ख़ाली आकाश से ठीक-ठीक दीखता होगा।

# जिसके प्रभात पर अँधेरे की आरम्भिकता रहती थी

उनके जाने से देहरी के पीछे छूटा शीशमहल सूना हो गया था। शीशों से जड़ीं उसकी दीवारों पर अब सूनेपन के अक्स अकेले बचे थे। वे, अपने ही अक्सों की भीड़ के बीच बचे अपने अकेलेपन में इस शीशमहल में अकेले ही रहते थे।

शीशमहल की दीवारों पर जड़े इन शीशों के ऊपर, रंगीन खिड़कियों और घने अँधेरे से भरे दरवाजों के वास्तविक नाप के चित्र बने थे। शीशों में से झलकते इन चित्रों के अक्स जैसे उनके इस लोक की साकार-भ्रान्ति थे।

शीशों पर बड़े करीने से चित्रित उन अवास्तविक खिड़कियों में से रंगीन रोशनियों का भ्रम हो आता था। रोशनियों के तिलिस्म में शीशमहल की आभासी-आभा अनेक रंगतों से भर जाती थी। विभ्रम रोशनी की आभा और छद्म खिड़की के मूर्त अक्स, इन दीवारों पर चहुँओर जड़े शीशों में विद्यमान थे।

शीशमहल की दीवारों पर जड़े इन शीशों में अँधेरों से भरे उन छद्म दरवाजों के अक्स भी दिखते थे जिनका सघन अँधेरा उन अवास्तविक खिड़कियों में से आती तिलिस्मी रोशनियों के भ्रम में साफ़-साफ़ दीखता था।

गहरे अँधेरों से भरे इन दरवाजों के भ्रामक अक्सों के बीच वह असली दरवाजा भी था जिसमें असली अँधेरा भरा था। असली दरवाजा, अपने अक्सों के बीच, उनका अक्स-ही-सा दीखता था। असली दरवाजे को उसके अक्सों के बीच खोजना होता था। अक्सों में से असली को टटोलना होता था। अपनी पहुँच की पकड़ में जिसकी सतह सपाट हो, वह अक्स था और जिसे पकड़ कर उसमें प्रविष्ट किया जा सके वहीं असली अँधेरे का कपाट था। कपाट, जिसके प्रभात पर अँधेरे की आरम्भिकता रहती थी।

अँधेरे की इस आरम्भिक अवस्था पर, अधर में खड़ी सीढ़ी के उद्गम की एक नींव टिकी थी। सीढ़ी से अँधेरे के आधार तक, उसकी बुनियाद तक उतरा जा सकता था। अँधेरे की बुनियाद और सीढ़ी के निचले सिरे की नींव एकमेक हो गयी थीं। अधर और आधार, अपने अँधेरे में एक हो गये थे।

वे इस दरवाजे से जुड़ी इसी सीढ़ी से शीशमहल के तलघर में बनी कोठरी के एकान्त में विचरने के लिए रोज सुबह अकेले ही 'वहाँ' से नीचे उतरते थे।

'वहाँ' शीशमहल था।

शालभंजिका की कमर पर बल खाती एक लकीर की तरह शीशमहल के तत्सम और कोठरी के तद्भव को आपस में जोड़ती यह एक घुमावदार सीढ़ी थी, जिसके ऊपरी सिरे पर शीशमहल की तिलिस्मी रोशनियों का उजाला और निचले सिरे पर असली अँधेरा रहता था। वे, रोजाना इसी सीढ़ी के उजले छोर के तिलिस्म से धीमे-धीमे नीचे उतरते हुए उसके अन्त के अँधेरे में खो जाते थे।

उजास और अन्धकार के बीच बसी इस सीढ़ी के मध्य, उसके धुँधलकों में डूबते-उबरते हुए, किसी धीमी यात्रा के मील के पत्थरों के समान धीमे-धीमे आते उसके पायदानों पर, इस यात्रा की मध्यावधि में अकसर उन्हें एक अतिरेक भाव का अहसास होता था। उन्हें इस सीढ़ी से चढ़ने-उतरने की अवधि किसी इतिहास-समय की याद दिलाती थी। बीच के धुँधलकों से स्तब्ध, उजास और अन्धकार से भरे सीढ़ी के नितान्त ओर-छोर उनके अवधि-बोध को घेरे प्रागैतिहसिक समय और पौराणिक मिथक जैसे लगते थे। उनका बोध-समय और मिथक, यथार्थ और यथार्थाभासों के कोष्ठकों में इस सीढ़ी के ओर-छोर के बीच क़ैद था।

वे इन भीतरी सीढ़ियों से सिर्फ़ आते थे—'वहाँ' से कोठरी, कोठरी से 'वहाँ'। जहाँ वे नहीं होते थे, उनका 'वहाँ', वहीं होता था। इस कोठरी से शीशमहल 'वहाँ' था और उस शीशमहल से कोठरी 'वहाँ' थी। शीशमहल से कोठरी की दूरी, इस सीढ़ी के बराबर ही थी।

सीढ़ियाँ भीतरी हों तो वे आमद के काम आती हैं, गमन के नहीं। ऐसी सीढ़ियाँ सिर्फ़ आगमन और पुनरागमन के लिए होती हैं। इनसे निर्गम नहीं होता।

# जैसे पुराग्नि से हम अपने नये दीयों को जिलाते हैं

इस सीढ़ी पर वे 'वहाँ' से 'वहाँ' के बीच, शालभंजिका की कमर पर लचकती लकीर के नितान्त छोरों के मध्य, अपने क्षणभंगुर अविगत में वैसे ही स्थित थे जिस प्रकार आगामी कल और विगत कल के बीच 'आज' मौजूद होता है। जिसके सामीप्य से एक दिन की दूरी पर दोनों 'कल' होते हैं। वे चेत और जोह, पखिरन और स्मरण, अनुभूति और अपेक्षा, स्मृति और प्रतीक्षा के मध्य, अपनी वर्तिता की नाभि में विन्यस्त थे। सीढ़ी, जिससे आगत और विगत सामान दूरी पर थे, जो उनकी इब्तिदा और इन्तिहा के दरम्यान थी।

उनकी हथेलियों की ताजी, गुलाबी नरमायी से यह भी पता लगाया जा सकता था कि आख़िर वे उन सीढ़ी पर चढ़ रहे हैं या उतर रहे हैं? वे अकसर अपनी इस अन्तर्मुखी सीढ़ी की दाईं पकड़ से अपने दाहिने हाँथों के सहारे नीचे उतरते थे और बाईं पकड़ से अपने बाएँ हाँथों के सहारे ऊपर चढ़ते थे। सीढ़ी के एक ही ओर पकड़ थी, जिसे एहतियातन वे कसकर कुछ ऐसे पकड़ते थे जैसे उनके हाथ में कई हाथों की ताक़त हो।

उनकी हथेलियों की गुलाबी नरमायी अपने अकेलेपन से एकान्त में आने और अपने एकान्त से अकेलेपन में जाने की यात्रा का रंग होती थी। जैसे, यह कुछ न होने की कसक से अपने होने के सघन बोध की लालिमा हो या अपनी दरिद्र दुनिया से किसी सम्पन्न संसार की यात्रा की रंगत हो।

वे हर रोज इस सीढ़ी से सुबह-सुबह, उनींदे ही नीचे उतर आते थे। इस सीढ़ी पर वे अपनी नींद नहीं सिर्फ़ अपना बिस्तर ही छोड़ कर आते थे। उनकी नींद तो नीचे उतरते हुए, सीढ़ी दर सीढ़ी, स्वतः ही झरती जाती थी।

इन सीढ़ी के पायदानों से चढ़ते-उतरते हुए वे उसके मध्य-मार्ग को नहीं बल्कि उसके हाशियों की पगडंडी को ही अपनाते थे। वे जानते थे कि सालों से रोज बिखरती उनकी नींद सीढ़ी के पायदानों के कोनों की धूल में ही लिथड़ी पड़ी रहती है। वे रोज इस सीढ़ी पर झाड़ू-पोंछा करते जरूर थे लेकिन कुछ धूल

झाड़ू से छूटी और पुछने से बची ही रह आती थी। उन्हें डर था कि अगर कभी उन्होंने उन सीढ़ियों को ठीक से साफ़ कर दिया तो उनकी नींद धूल में भी उड़ सकती है। साथ ही उन्हें यह चिंता भी सताती कि अगर कभी उनकी नींद सीढ़ी के पायदानों पर उनके अपने अतिरेक के उस ऐतिहासिक समय के खोखर में बिला गयी तो...?

शीशमहल से कोठरी में आते हुए वे इस सीढ़ी के पायदानों से अपनी बिखरी नींदों के कतरों को सहेजते थे और कोठरी में पूरा दिन बिताने के बाद उन कतरों को बटोरते हुए वापिस ऊपर चले आते थे।

सीढ़ी के हाशियों पर एकत्र उनकी पुरानी नींद जैसे किसी प्राचीन मन्दिर के कोने में जलती पुराग्नि-सी थी। वे, इस पुरानी नींद से हर रोज अपनी नींद को कुछ ऐसे जगाते थे जैसे किसी पुराग्नि से हम अपने नए दीयों को जिलाते हैं।

# मनुष्य रोशनी में अपनी आँखें मूँदकर चलने से डरता है

बग़ैर किसी घोषणा के वर्षों पहले उन्होंने स्वयं को अपने शीशमहल की चारदीवारी में क़ैद कर लिया था। वे अन्तिम बार जब अपने शीशमहल से बाहर निकले थे तब भी ऐसी ही एक प्रचंड दोपहर थी। जब वे, एक प्राचीन शिवालय में गये थे, वह दोपहर भी आज की दोपहर ही-सी अतृप्त, तप्त और रिक्त थी।

वर्षों पहले भी एक दोपहर का दहकता लोहा इसी तरह से पिघल कर बहते हुए उनके आँगन में अंगार बनकर बिछ गया था।

वर्षों पहले भी वह लोहा उस दोपहर में अपनी देह से इसी प्रकार से बिछुड़ा था।

वर्षों पहले भी लोहे और रिक्त-दोपहर की दो अलग-अलग गर्मियाँ, एक ही दोपहर में एक हो गयी थीं।

वर्षों पहले भी वह दोपहर अपने दोनों प्रहरों के साथ अपनी रिक्तता पर बिलख रही थी।

वर्षों पहले भी उस दोपहर में उनकी आखों से आँसुओं के साथ तपे भभके निकल रहे थे।

वर्षों पहले भी उस दोपहर की रोशनाई ऐसी ही तीक्ष्ण और तीव्र हो गयी थी।

वर्षों पहले भी उस रोशनी की तीव्रता को दोपहर की धूप में पिघले लोहे के तेज ने आज-सा ही असहनीय बना दिया था।

वर्षों पहले वह दोपहर भी दो गर्मियों के बीच दो रोशनियों की एक दोपहर हो गयी थी।

वर्षों पहले भी उन रोशनियों की चकाचौंध में अपनी आँखों को खोल पाना यूँ ही कष्टदायी था। उसकी तीव्रता को अपनी बन्द आँखों से रोक पाना असम्भव था। जलती दोपहर में आँखें तब भी बुझ जाती थीं।

वर्षों पहले भी उस रिक्त दोपहर के बिखरे-पिघले लोहे से वह सड़क यों ही नर्म, वीरान और रिक्त हो गयी थी।

अकसर वे अँधेरे में अपनी आँखें बन्द और रोशनी में उन्हें खोले रखते थे। वे, कई बार अँधेरे को मुँदी आँखों और रोशनी को अपनी भीतरी आँखों से देखने का प्रयत्न भी करते रहते थे। वे, अँधेरे के प्रमाणों और रोशनी के प्रमादों के बीच, उनके भेदों पर शोध करते थे।

वे मानते थे कि एक मनुष्य के भीतर रोशनी के मुक़ाबले अँधेरा ज्यादा है। जिसके शोधन में वही मनुष्य किसी भीतरी रोशनी की खोज में लिप्त भी रहता है। लेकिन वही मनुष्य फिर रोशनी में भी अपनी आँखें मूँदकर चलने से डरता है जैसे कि रोशनी में उसके टकरा जाने के ख़तरे ज्यादा हों? वहीं, मनुष्य किसी घुप्प अँधेरे में भी अपनी बेबस आँखें मूँदकर चलने से हिचकता है। अँधेरे में वह अपनी फटी आँखों से बाहर के उन अँधेरों को देखने का विफल प्रयास करता है जिसमें वह स्वयं है, जिनसे स्वयं वह बना है। रोशनी के प्रमाद में यही मनुष्य अपनी भौंचक आँखों से अपनी उस भीतरी रोशनी को भी खोजने का विफल प्रयास करता है जो स्वयं उसमें ही है। वह भूल जाता है कि भीतरी रोशनी अन्तःचक्षुओं से ही दिख सकती है। अन्तःचक्षु, जो जलती दोपहर की तप्त चकाचौंध से नहीं बुझते।

मनुष्य, रोशनियों में रोशनी से चूकता है और अँधेरों में अपने अँधेरे से। विफलता ही उसका लक्षण बनती जाती है।

# वे अँधेरे की देह का दर्शन, अपनी देह के अँधेरों से कर रहे होंगे

वर्षों पहले वे जब एक ऐसी ही तप्त दोपहर में उस प्राचीन, पैतृक शिवालय में गये थे, तब भी उनका अन्तस शिवालय के भीतर की भाँति ही रिक्त–दोपहर की तीक्ष्ण रोशनियों में अपने तीव्र अँधेरों से भरा था।

वे भ्रम के अँधेरे में थे। शिवालय में अँधेरे की भ्रान्ति थी।

अपने पितरों को याद करते हुए उन्होंने शिवालय के प्रांगण में प्रवेश किया था। जहाँ के तीव्र अँधेरे की परिधि, गोधूलि के समान धुन्ध में बिखर रही थी। इस परिधि के आलोक में महकते इत्रों से बने गमक के सेतुओं से उन्हें अपने पितरों की गन्ध आ रही थी।

प्रकृति के विराट में बसे, प्राचीन पत्थरों से बनी शिवालय की दीवारें सूर्य की तपिश और चन्द्रमा की ठंडक से दमकती हुई अपनी सतहों पर समय की झाइयाँ और झुर्रियाँ लिए सदियों से खड़ी थीं। शिवालय के प्रांगण में बने एक छोटे द्वार से जुड़ीं ऊँची सीढ़ियों ही से उसकी भीतरी दालान में प्रवेश किया जाता था। दालान की दीवारों पर देवताओं और बेल–बूटों की तराशी हुई आकृतियाँ आगन्तुकों को अपनी कल्पनाओं में भी आ सकने का मार्ग देती थीं। इन पाषाण व्यंजनाओं को देखते हुए एक क्षण के लिए उन्हें लगा था कि जैसे वे देवता सदियों से उनका इन्तजार कर रहे हों। प्राचीन पत्थरों से बनी शिवालय की इस दालान में कोई खिड़की नहीं थी। इसमें रोशनी के आने का एकमात्र जरिया ऊँची सीढ़ियों वाला छोटा द्वार ही था। दालान में दर्शनार्थी और रोशनी, दोनों ही का आगमन इसी दरवाजे और इन्हीं सीढ़ियों से होता था। इस दालान का अन्त घुप्प था जहाँ घने अँधेरों से भरी पत्थर की एक चौखट थी।

चौखट के भीतर गर्भ–गृह था।

दालान में खड़े–खड़े उन्होंने अपने मौन में देखा होगा कि किस प्रकार द्वार से आती रोशनी गर्भगृह तक पहुँचते–पहुँचते, छनते–छनते अँधेरे में तब्दील होती जाती थी।

यह दालान जैसे रोशनियों की छन्नी थी।

दालान में खड़े-खड़े उन्होंने देखा होगा कि किस प्रकार उस द्वार से आती बाहरी रोशनी की तीव्रता दालान तक आते-आते शिथिल और महीन होती हुई गर्भ-गृह तक पहुँचते-पहुँचते स्वयं का अँधेरा हो जाती थी।

दालान में खड़े-खड़े, रोशनी को देखते-देखते उन्हें यह विचार आया होगा कि भीतर प्रविष्ट होती उस रोशनी में से आखिर ऐसा क्या झर जाता होगा कि अन्तत: वह अँधेरा हो जाती है?

दालान में खड़े-खड़े, रोशनी को देखते हुए उसके बारे में सोचते-सोचते उन्हें यह इल्हाम भी हुआ होगा कि शायद रोशनी की देह पारदर्शी होती हो?

कि अँधेरा ही रोशनी की देह का 'दर्शन' हो?

कि अँधेरे में ही रोशनी की देह प्रकट हो सकती हो?

गर्भ-गृह रोशनी की देह से भरा था। उस दोपहर में गर्भगृह की ओर अग्रसर होते हुए वे दरअसल धीमे-धीमे रोशनी की देह में प्रविष्ट हुए होंगे। उन्होंने अपनी फटी आँखों से गर्भ-गृह की रोशनी की देह के केन्द्र के अँधेरे में स्थापित काले पत्थर के प्राचीन शिवलिंग को देखने की कोशिश की होगी। उन्होंने देखने में दर्शन को खोजा होगा। धीमे-धीमे फूटते मन्द मन्त्रों की ध्वनि उन्हें रोशनी की देह से उपजता कोई उच्चार-सा लगा होगा। उन्हें लगा होगा कि रोशनी की देह अपनी भाषा में सुगबुगा रही है। उनकी आँखें रोशनी की देह के गर्भ में धीमे-धीमे श्रद्धा से मुँद रही होंगी।

वे अँधेरे की देह का दर्शन अपनी देह के अँधेरों से कर रहे होंगे। मुँदी आँखों से उन्होंने शिवलिंग के सूक्ष्म-समक्ष पर अपनी फटी आँखों के विफल दृश्य-फूलों को अर्पित किया होगा। रोशनी की देह की गोद में अँधेरे का भ्रम ख़त्म हो गया होगा।

शिवालय से बाहर आते हुए पहली बार उन्हें गर्भ से संसार की ओर आने की पीड़ा का अहसास हुआ होगा।

रोशनी की देह बने उन अँधेरों से वे अब अँधेरों से बनी रोशनी के उस संसार में वापिस आए होंगे जहाँ उसका अँधेरा हमारे भय का रूपक हो जाता है।

गर्भगृह के आलोक में मुँदी उनकी आँखें अब धीमे-धीमे खुली होंगी। फिर उन्होंने अपनी भौंचक आँखों से असहनीय रोशनियों से भरी उस कौंधती दोपहर में मन्दिर के बाहर वापिस उसी संसार में प्रवेश किया होगा। उस दोपहर की तीक्ष्ण रोशनी की चमक में दमकते बाहरी दृश्य को उन्हें अपनी जलती आँखों से देख पाने में मुश्किल हुई होगी।

माया-दर्शन में उनकी आँखें बुझ गयी होंगी।

अपनी बुझी आँखों में ईश्वर और अवसाद के सम्बन्ध पर आत्म-विमर्श करते हुए, अँग्रेजी में बुदबुदाते हुए वापिस अपने शीशमहल की तिलिस्मी रोशनियों और उसकी कोठरी के अन्धे धुँधलकों की ओर आते हुए उन्होंने स्वयं से कहा होगा—

*क्लैरिटी किल्स गॉड...*

# बीच में ना–सुनी आवाज का फ़ासला रह गया था

उसे सड़क या कहें कि विचार–पथ पर संचरण की बेसुधी और अवसादों में डूबी अपनी भीगी, बुझी दृष्टि से वे यह बूझ ही नहीं सके थे कि एक अनजान लड़की उनके ठीक सामने उनका रास्ता रोके खड़ी है। उस लड़की ने उनका रास्ता ही रोका था, उनके विकल्प नहीं। विचारों में निमग्न अपने विचरण में ऐन वक़्त पर अकस्मात् ही वह लड़की उन्हें अपने ठीक सामने खड़ी दिखी थी। वे समय पर सँभले न होते तो उससे टकरा ही जाते।

उपयुक्त समय पर ही उन्होंने अपनी चाल को क़ाबू में और स्वयं को अपने वश में कर लिया था। उनके नियन्त्रण से ही दोनों की होती मुठभेड़ टल गयी थी। उस लड़की का 'सामना' और उनके 'समय' के मध्य, आपसी संयोग का विकल्प खुल गया था। उसका सामना और उनका समय, अचानक और अनायास ही प्रतिपक्ष हो चुके थे। अन्यथा ख़ाली सड़क पर पैदल चलते हुए दो लोगों के टकरा जाने का यह अजब ही क़िस्सा होता जिससे निश्चित ही वहाँ अनुपस्थित किसी तीसरे को लगता कि वे दोनों जानबूझ कर ही आपस में टकराए हैं।

लड़की को देखते ही अपने आत्म–अपलायन में थोड़ा ठिठकते हुए, अपने जूतों के तलवों को सड़क पर रगड़ते हुए, अपनी गति और विचारों पर लगाम लगाते हुए, वे रुक गये थे। इस प्रतिरोध में जैसे उनकी समस्त शक्तियाँ भी स्वयं को रोकने में रुक गयी थीं। अपनी शक्तियों से संघर्ष के इसी अन्तराल में वह लड़की उनसे कुछ कह रही थी जिसे वे नहीं सुन पा रहे थे। उसकी बुदबुदाहट उन्हें अबूझ लग रही थी। वे अपने ही शिकंजे में पूर्णतः शिकस्त हो चुके थे। बुदबुदाहट का स्वर, इतनी समीपता में भी उनके कानों तक आते–आते विलीन हो रहा था। उनकी श्रव्यता, उनके शिकंजे में धराशायी हो चुकी थी।

जब तक सुना ना हो तो किसी के कुछ कहने, पूछने और बकने में कोई फ़र्क़ नहीं रहता। अपने विचारों के कोलाहल में उनका अन्तस अपने व्यक्तिगत शोर से इतना सराबोर था कि वे उस लड़की की आवाज नहीं सुन पाए थे। वे,

लड़की की आवाज तक पहुँचने के पहले ही रुक गये थे।

उनमें और लड़की के बीच में ना-सुनी आवाज का फ़ासला रह गया था।

सामने से आती लड़की की आती हुई आवाज, उनके समय की दीवार के समक्ष, फ़ासले में ढह गयी थी।

उसकी ढही आवाज के अवशेषों के ढेर की ओर अपने समय की दीवार के साथ आते हुए, उसकी आवाज के ढेर की दहलीज पर अपने एक पैर को हवा में उठाते हुए, अपने विचारों और क़दमों पर एक साथ लगाम लगाते हुए, अपने भीतर के शोर-गुल से बाहरी फ़ासले में खुद को लाते हुए, अपनी रुकी शक्तियों को पुनः अपने संचार में मिलाते हुए, उस लड़की को हकबका कर अपलक देखते हुए, हवा में लटके अपने पैर को पुरानी जमीन का नया टुकड़ा देते हुए, उसकी ढही आवाज के ढेर को लाँघते-फ़ाँदते हुए, उसकी ना-सुनी आवाज के वक़्फ़ों में आते हुए, उनके मुँह से अनायास ही निकल पड़ा था—

'जी'?...

उन्होंने आज कई सालों के बाद यह छोटा-सा शब्द किसी से कहा था। लेकिन यह शब्द उनके भाव में एक ऐसे लघु वाक्य से भरा था जिसकी तात्कालिकता में उनकी तटस्थता भी छिपी थी। जिसमें ना तो अपने सुने हुए का स्वीकार था और ना ही उनके अनसुने का विस्मय।

लड़की की आवाज के अवशेषों का ढेर उनके द्वारा कुचले जाने से बच गया था।

वह लड़की अब तक क्या कह चुकी थी, वे उसे सुन और समझ नहीं सके थे। उनकी नज़र में विवक्षित अभी तक अव्यक्त ही था। उन्हें इस बात का जरा भी इल्म नहीं था कि वह जो बोलना चाहती थी, बोल चुकी थी। लड़की की नज़र में उसका 'चाहना' हो चुका था।

वे इन्तजार में थे कि शायद वह उनसे 'कुछ' कहना चाह रही है? उनकी नज़र में उसका 'चाहना' अभी होनेवाला था।

अपने पूछे हुए प्रश्न की पुष्टि के इन्तजार में, उसके उत्तर की तलाश में, उम्मीदों और उत्सुकताओं से भरी लड़की की भारी नज़रें उनके चेहरे पर मुश्किलों से टिकी थीं कि वे शायद उससे 'वह' कहने ही वाले हैं... लड़की की नज़र में उनका 'वह' उसके 'कुछ' का जवाब था।

उन्हें शक था कि समय के साथ सम्भवतः भाषा भी वैसे ही बदल चुकी है जैसे सड़क के इर्द-गिर्द के दृश्य बदल चुके थे।

आज वर्षों बाद शीशमहल से बाहर आकर कुछ क्षणों से उन्हें अपनी भाषा और दृश्य, दोनों ही अबूझ लग रहे थे।

# मेरा पूछना ही व्यर्थ हुआ, पूछने का प्रयास नहीं

वह पूछ रही थी, 'क्या आप को नहीं पता?'

अपनी नज़र में एक अपरिचित लड़की के इस सन्दर्भहीन और अप्रत्याशित प्रश्न पर वे सहसा बोल उठे, 'मतलब?'

आज कई सालों के बाद उन्होंने अपने विस्मय से भरा यह छोटा-सा प्रश्न किसी से किया था। दरअसल यह छोटा-सा प्रति-प्रश्न था जिसे उन्होंने धीमे से या तो स्वयं के या उसके समक्ष या उस वक़्फ़े में रखा होगा, जो अभी-अभी दोनों के संयुक्त फ़ासले में उपजा था।

वह बोली, 'आप सुनकर अनसुना क्यों कर रहे हैं? आज सुबह से अभी तक इस सड़क पर आता हुआ कोई और नहीं मिला कि जिससे मैं यह पूछ सकती। ज्यों ही आप दूर से आते दिखे थे, बड़ी आशा जगी थी कि आप से पूछ सकूँगी...लेकिन...?'

वे पहले हतप्रभ हुए, फिर बोले, 'देखिए, मैं ना तो आपको आते हुए देख पाया हूँ और अपनी आशा-बोध में आपने जो कहा था उसे सुन भी नहीं पाया हूँ? मैं ठीक से यह समझ ही नहीं पाया हूँ कि आपने कुछ पूछा था या कुछ कहा था? या आप क्या पूछनेवाली हैं और क्या कहने वाली हैं? आपको न देख पाने के कारण वह हिम्मत ही नहीं मिल सकी जिससे अपनी सहजता में किसी बात को पहले ठीक से समझा और फिर उस पर कुछ कहा जा सकता हो।'

आज कई सालों के बाद उन्होंने यह बड़ा वाक्य किसी से कहा था। इस बार कहते हुए उनकी आवाज में खराश और उसमें लिपटे उत्तर में साफ़गोई भरी थी।

वे फिर बोले, 'बहरहाल... आपने क्या पूछा था? या आपने आखिर क्या कहा था?'

वह बोली, 'जो मैं पूछ रही थी, क्या आप सच में उसे सुन नहीं पाए? दरअसल मेरे पूछने और कहने के अर्थों में कोई अन्तर नहीं था। आख़िर बिना कहे कुछ भी पूछा कैसे जा सकता है? बल्कि मेरे पूछने और कहने के कई अर्थ नहीं

थे। उनका तो एक ही अर्थ था।' वह फिर से बोली, 'पूछने और कहने के अर्थों में अन्तर तो परिचय के बाद पैदा होता है। मैं एक राहगीर की भाँति, हमारी अपरिचितता के बोध में, इस अपरिचित सड़क पर सामने से आते उस अपरिचित व्यक्ति से कुछ पूछ रही थीं जो सिर्फ़ आप ही थे।'

वे बोलनेवाले थे, '...' लेकिन बोलने का मौक़ा चूक गये थे।

वह बोली, 'मैं अपने पूछे हुए को आपसे पूछने का प्रयास नहीं करूँगी। क्योंकि आप से पहले अब तक इस सड़क पर आता-जाता कोई और अपरिचित नहीं मिल सका, मैंने आपसे सिर्फ़ पूछा था। पूछने का प्रयास नहीं किया था।'

वे बोले, '...'

दरअसल, वे एक बार फिर से अपने बोलने का मौक़ा चूक गये थे।

वह फिर बोली, 'और यह ठीक ही हुआ कि आपके न सुन पाने के कारण सिर्फ़ मेरा पूछना ही व्यर्थ हुआ, मेरे पूछने का प्रयास नहीं। पूछने का प्रयास तो परिचित से किया जाता है। एक अपरिचित पूछे जाने का क़यास नहीं लगा पाता इसलिए उससे सीधे पूछा जाता है।'

वे बोले, '...'

वे इस बार अपने बोलने का मौक़ा चूके नहीं थे, बल्कि कुछ कहते-कहते स्वयं ही चुप रह गये थे।

वह बोलती रही, 'जब पूछने का प्रयास किसी परिचित से किया जाता है, उसका जवाब न मिलने पर उस परिचित की अपरिचितता प्रकट होती है। लेकिन एक अपरिचित से पूछने पर और पूछे का उत्तर मिल जाने पर आपसी परिचय की सम्भावनाएँ प्रभाव में आ जाती हैं। परिचय के बाद ही कहने और पूछने के अर्थ, उन अर्थों के अन्तर, उनके अन्तरों के क़यास, कयासों की कल्पना और उनकी कल्पनाओं के आकलन को अनुमानित किया जा सकता है। आपके समक्ष, मेरे पूछने का प्रयास तो व्यर्थ नहीं हुआ लेकिन मैं अपना पूछा गवाँ बैठी हूँ।'

इतना कुछ बोलने के बाद अब वह थोड़ी शान्त हो चुकी थी। किसी अपरिचित के सामने पहली बार में ही उसके मुँह से इतने शब्द ऐसे निर्बाध फूट पड़े थे कि जैसे सुबह से उस सड़क पर अकेले चलते-चलते उसके बदन में थकान नहीं, शब्द भर गये हों। उसकी थकान उन शब्दों में कुछ ऐसे ही छिपी थी जैसे मूँगफली में उसके बीज छिपे रहते हैं। अकेले की यात्रा में, यात्रा की थकान उतनी नहीं होती जितनी अकेलेपन की होती है। बातचीत से मिले इस विराम से और इस विराम में मिले एक अपरिचित से हुई इस बातचीत में वह हल्का महसूस कर रही थी। उसकी थकन थोड़ी कम हो गयी थी। जिसकी माँदगी में उसकी देह थोड़ी शिथिल हो चुकी थी।

# मैं आती हुई राहगीर हूँ,
# आप जाते हुए राहगीर हैं

आज कई वर्षों के बाद वे किसी और से इतनी बात सुन रहे थे। इस वार्तालाप में वे अब तक कुछ ख़ास तो नहीं बोले थे, लेकिन उस लड़की की बातों से उन्हें यह विश्वास हो रहा था कि निश्चित ही अभी भी कुछ ऐसे लोग बचे होंगे जिनकी भाषा इतने वर्षों में इतनी भी नहीं बदली होगी कि वे उसे समझ ही न सकें? वे, अपने आत्मविश्वास में आ रहे थे।

संवाद में अपनी हीनता को तोड़ते हुए वे अचानक बोले, 'आप शायद ठीक ही कह रही हैं कि अपरिचितता में पूछे जाने का क़यास नहीं लगाया जा सकता?'

वे बोले, 'दो अपरिचितों के बीच सम्भावित परिचय इस क़यास के पीछे ही छिपा रहता है। लेकिन सत्य तो यह है कि मैं आपको आते हुए देख ही नहीं सका था।'

वे एक बार फिर बोले, 'शायद, देखने का सम्बन्ध भी क़यास से ही जुड़ा है। अगर मैं आपको आते हुए देख पाता, तो हो सकता था कि यह क़यास भी लगा लेता कि शायद आप कुछ कहनेवाली हैं, या आप कुछ कह रही हैं जिसे मैं सुन नहीं पा रहा हूँ। तो क्या इस अर्थ में हमारा क़यास, हमारे देखने और हमारे परिचय का आभ्यन्तर है? मैं आपको देख लेता तो शायद सुन भी लेता। इसका एक अर्थ यह भी हुआ कि शायद हमारा क़यास हमारे देखने, सुनने और परिचय के बीच एक अज्ञात-आधार है। इसलिए ही शायद अपरिचितता में पूछे जाने का क़यास नहीं लगाया जा सकता।'

उनके और उसके बीच-एक अनसुना, अज्ञात प्रश्न अब आपसी विमर्श का कारण बन गया था।

वे बोले, 'अब मैं आपको ठीक से देख और सुन सकता हूँ। आप क्या पूछ रही थीं या कह रही थीं?'

वह बोली, 'जैसे कि मैं अपना पूछना गवाँ चुकी हूँ, मेरे पास अब पूछने का

प्रयास ही बचा है। और मैं जैसे ही पूछने का प्रयास करूँगी, हमारी अपरिचितता परस्पर आपसी परिचय में बदलने लगेगी। फिर परिचय से अकस्मात् पूछने की तात्कालिकता टल जाएगी।'

वे बोले—'बात ठीक है। आप जब चाहें, तब पूछें। अकस्मात् की अप्रत्याशितता बनी रहनी चाहिए।'

वह बोली, 'ज़ब मैं पूछना चाहूँ, तब आपका साथ होना जरूरी होगा। अप्रत्याशित, अकस्मात् के लिए एक प्रत्याशी का होना जरूरी होता है।'

वे थोड़ा बोले, 'लेकिन मैं स्वयं भी राहगीर ही हूँ। राहगीर और अप्रत्याशित, एक अर्थ में तो तर्कसंगत ही है।'

वह भी थोड़ा बोली, 'पर हमारी राहगीरी में अन्तर है। मैं आती हुई राहगीर हूँ, आप जाते हुए राहगीर हैं। हमारा टकराना भी एक अर्थ में वैसा ही तर्कसंगत है।'

वे थोड़े से ज्यादा बोले, 'हर सड़क अपने राहगीर से आधी आती और आधी जाती सड़क होती है। एक राहगीर आधी सड़क पर चलता है और आधी छोड़ता चलता है।'

वह उनके ज्यादा बोले हुए से थोड़ा कम बोली, 'तो आप मेरी छोड़ी सड़क पर चलेंगे?'

वे बराबर का बोले, 'और क्या आप मेरी छोड़ी सड़क पर चलेंगी?'

वह उनके बराबर से थोड़ा ज्यादा बोली, 'जरूर... सड़क पर 'छोड़ा' हुआ राहगीर का ही होता है। लेकिन चलते हुए कभी बीच यात्रा में प्रश्न पूछने का प्रयास करने का मन हुआ तो?'

उन्होंने थोड़ा झुक कर सड़क के किनारे पड़ी धूल को अपनी पसीजी हथेलियों पर रखते हुए कहा, 'तब आप मुट्ठी-भर धूल हवा में उड़ा दीजिए। उड़ती धूल की दिशा में चल दीजिए। मैं आपको उसी दिशा में कहीं न कहीं मिलूँगा। हवाओं की दिशाएँ हमारी जानी-पहचानी दिशाओं से अलग होती हैं। वे राहगीरों को मिलाती हैं और उनके प्रश्नों को सुलझाती हैं।'

अपनी हथेली पर रखी धूल को उन्होंने चलती लू में उड़ा दिया था। धूल एक बार फिर अपनी पूर्वाशा में उड़ गयी थी।

हवा में उड़ती धूल के ओझल होने के पहले वह सहसा बोली, 'भविष्य में प्रश्न पूछने के प्रयास के लिए हमारा परिचय होना आवश्यक है?'

उसके कहने तक बहती गर्म हवा से धूल ओझल हो चुकी थी। उनका आपसी अपरिचय भी ओझल होनेवाला था।

वे उसे देखते हुए सुन रहे थे और सुनते हुए उसके पीछे ओझल हो चुकी धूल को हवा में खोजते हुए कुछ देर तक, उस देर के बराबर वे कुछ नहीं बोले।

थोड़ी देर में, उस देर के बराबर मुस्कुराते हुए उन्होंने उससे कहा—

'जी'...

कई सालों के बाद कहे हुए इस छोटे-से शब्द को कुछ ही क्षणों में उन्होंने अब होते परिचय के साये में उस अपरिचित लड़की के समक्ष दोहरा दिया था। इस बार वे उस तरह हतप्रभ नहीं थे। लेकिन अभी भी उनके कहे हुए की अल्पता और उसके विलम्बन में ना तो उस सुने हुए का स्वीकरण था और ना ही उसके अनसुने का विस्मय।

'...?'

'मेरा नाम रात्रि है'—वह सहसा बोली।

# जैसे निसर्ग के निषेध में सबकुछ अधर में अटका हुआ हो

तलघर की कोठरी में दो खिड़कियाँ थीं। कोठरी की दीवार पर दोनों ही खिड़कियाँ जैसे ऊँचाई पर अपनी ही अपर्याप्तताओं से लदीं, दो विशेष उपस्थितियाँ थीं। इन खिड़कियों का क़द, भीतर से ऊँचा और बाहर से ठिगना था।

इन खिड़कियों में से कोठरी के भीतर झाँकता बाहर का अपर्याप्त दृश्य उसी प्रकार से ऊँचा और अधूरा दिखाई देता था जैसे अपर्याप्त श्रवण से किसी को ऊँचा और अधूरा सुनाई देता है।

उनके अनुसार इन खिड़कियों से, कोठरी से बाहर के संसार के संकेत और उसकी ध्वनियों के टुकड़े झरते थे।

हर रोज वे अपनी कोठरी के इसी लोक से अपने निर्वासन की अन्तरंगता में, स्वयं के भीतर अकेले बैठे हुए, अपनी आत्म-प्रतिष्ठा में इन खिड़कियों से झरते अपवादों के संकेतों को एकत्रित करते हुए, उनमें से भीतर की ओर झाँकते बाहर के उन अंशों पर अपने कौतूहल से कुछ यूँ टकटकी लगाए रहते थे जैसे कोई क़ैदी अपने बैरक से आकाश के टुकड़े को भेदने का प्रयत्न करता है।

कोठरी के भीतर से तो खिड़कियाँ उपयुक्त ऊँचाई पर थीं लेकिन बाहरी सतह से वे इतनी सटी हुईं थीं कि वहाँ टहलक़दमी करते लोग या आस-पास खेलते बच्चे कभी भी खिड़की से कोठरी के भीतर झाँकने का मन नहीं बना पाते थे। इन खिड़कियों का इतना नीचा होना ही एकमात्र कारण था कि कोठरी के बाहर से गुजरते किसी भी व्यक्ति के मन में उन्हें लेकर कोई कौतूहल पैदा ही नहीं होता था। हमेशा ही इन खिड़कियों की चौखटें बाहर की सतही धूल और भीतर के कौतूहल से सराबोर रहती थीं।

कोठरी के भीतर से इन खिड़कियों में से दिखते दृश्यों से पृथ्वी नदारद ही होती थी। उनसे सिर्फ़ वही नज़र आता था जिसका नेपथ्य आसमान हो। भीतर से बाहर देखने पर खिड़कियों की चौखटों में समाया दृश्य कुछ यूँ प्रतीत होता था कि जैसे निसर्ग के निषेध में सबकुछ अधर में अटका हुआ इन खिड़कियों में जड़ा हो।

वे, यहाँ नदारद धरा से निराधार होते उस दृश्य को प्रकृति से मुक्त पुरुष का रूपक मानते थे।

इन खिड़कियों से निथरा अपर्याप्त दृश्य कभी उनके ध्यान का तो कभी उनकी दृष्टि का कारण बन जाता था। अकसर होता यह है कि किसी दिखती हुई वस्तु पर हमारा सिर्फ़ ध्यान जाता है, दृष्टि नहीं। वे, अपने ध्यान में अपनी खिड़की से केवल ऋतु ही नहीं, उसमें छिपे काल को भी देखते थे। खिड़कियों के इन अपर्याप्त दृश्यों की क्षणभंगुरता अकसर उन्हें याद दिलाती कि इसी समय में ही कुछ निराधार होता रहेगा, कुछ निर्मूल होता रहेगा और कुछ दूसरा बनता भी रहेगा। अपने विराम तक पहुँचती हर चीज किसी सजीव की जीवन्तता में अपना परस्पर समर्थन वैसे ही देती रहेगी जैसे हमारा अपवित्र शव संस्कारों के सहकार में अपने पंचतत्वों में सजीव की जीवन्तता का समर्थन करता हुआ विलीन हो जाता है।

इस प्रकार वे इन खिड़कियों के सहारे अपनी अन्तरंगता में, अपनी अपर्याप्तता के बोध के निविड़ अकेलेपन में अपने मर्म की रक्षा करने का सतत प्रयास करते रहते थे।

# वे ध्वनि नहीं, स्वर खोजते थे

इन खिड़कियों में नजदीक से झाँक सकने की कोई सम्भावना नहीं थी। अकसर हम खिड़की के पास से उससे बाहर के दूर तक को देख सकने के अभ्यस्त होते हैं। खिड़की से नजदीकी उसकी दूसरी ओर के भूगोल को बढ़त देती है। लेकिन अगर खिड़की ऊँचाई पर हो तो वही ऊँचाई असुविधा का माप भी बन सकती है।

अकसर ऊँची खिड़कियाँ लोगों के मन में जिज्ञासा और कौतूहल पैदा करती हैं। ऐसी खिड़कियाँ अपनी शर्तों पर झाँकने को आमन्त्रित करती हैं। इनमें से उचककर झाँकने का आनन्द ही कुछ और होता है। भले ही चाहे भीतर से बाहर झाँकना हो या बाहर से भीतर।

ऐसी खिड़कियाँ किसी बाजार में दुकानों की उन खिड़कियों से अलग हैं जो ग्राहक की सुविधा के लिए ठीक 'ऑय-लेवल' पर होती हैं, ताकि ग्राहक बिना किसी मशक्क़त के दुकान में झाँक सकें। इस तरह कि खिड़कियाँ चहलक़दमी करते उन ग्राहकों के लिए होती हैं जो अगर दुकान के भीतर न भी आना चाहें तब भी वे दुकान में उपलब्ध, भीतरी उद्देश्यों को जान सकें। ग्राहकों के मन में पैदा होती जिज्ञासा से खिड़की भी अपना औचित्य पा जाती है। आख़िर व्यापार-धर्म में भी उत्सुकता को वैसे ही जगाना होता है जैसे धर्म-व्यापार में।

कभी-कभार बारिश की बौछारों के छींटे इन खिड़कियों से भीतर छिटकते हुए उनकी कोठरी के फ़र्श को तर कर देते थे। अधर पर टिकी इन अधूरी खिड़कियों के अपर्याप्त बाहर में होती अदृश्य चहलक़दमियों की अधूरी पदचापों, निराधार सड़क के ऊँचे-अधूरे शोरों और कोठरी के नजदीक बहते आंशिक झरने के अप्रचुर पानी की अपूर्ण आवाजों के अलावा इन खिड़कियों से तेज धूप की तीखी रेखाएँ और महीन धूल की पारदर्शी चादरें भी आती थीं। ऊपर से आती आवाजों में अकसर वे उन ऊपरी आवाजों को भी खोजते थे जिन्हें आकाशवाणी मान कर सुना जा सके। वे, झरने में बहते पानी के कलरव में छिपकर बहते उसके पहले स्वर पर अपना ध्यान लगाने की भी कोशिश करते थे। आख़िर हमारी

परम्परा में जल-कलरव को सुनने के प्रयत्न से सन्नाटे के स्वर को सुन पाना ही साधनाभ्यास है।

इसी कोशिश में, कोठरी में अपने इर्द-गिर्द बिखरे पड़े रंगों से वे केनवास पर कभी-कभी अपनी सृष्टि का भी आरम्भ करते थे। वे ध्वनि नहीं, स्वर खोजते थे। स्वर, जो काँपता हुआ अपना अस्तित्व पाता है। उस नीरव रेखा की तरह जिससे उन्होंने अभी-अभी अपने पास रखी केनवास की सफ़ेद छाती को चीर दिया था।

वे एक चित्रकार थे।

इन अपर्याप्त खिड़कियों से नीचे गिरती रोशनियों की महीन रेखाएँ कभी-कभी कोठरी के फ़र्श तक आती-आती अपना आपा खोकर मुरझा जाती थीं। जब कभी रोशनियों की इन रेखाओं में पूर्ण ओज और विवेक होता वे स्वयं खिड़की और रेखा के बीच खुद इस भाव से खड़े हो जाते थे जैसे उन्होंने सूर्य को ढाँप लिया हो। जैसे चन्द्रमा की भाँति उन्होंने सूर्य से पृथ्वी पर आते प्रकाश को अपनी तह पर ही रोक लिया हो। इन अठखेलियों को वे अपनी कोठरी का सूर्य-ग्रहण कहते थे।

कोठरी की दीवारों से टिके अपने ख़ाली केनवासों की ओट में वे उन पर विचार करते कि 'ख़ाली' का एक अर्थ 'अँधेरा' भी हो सकता है? जब वे चित्र नहीं बना रहे होते, वे उन खिड़कियों पर टकटकी लगाए अपनी आँखों को अधूरे दृश्यों की सैर करवाते रहते।

अपने चित्रों में इन खिड़कियों से झरते अपर्याप्त दृश्य-संकेतों के आलोक से अपनी जमीन को तैयार करते हुए वे अपने स्वधर्म को सम्पादित करते थे।

# वे स्मृति से कल्पना का सृजन करते थे

वे मानते थे कि समाज अभी भी जड़ है। उनका यह विश्वास था कि उनका शीशमहल की देहरी के भीतर बने रहना ही बाहर के मतिहीन समाज को गतिहीन किए रखता है। सदियों पहले अपने पुरखों पर इस समाज के द्वारा किए अत्याचारों का बदला लेने का यह उनका अनोखा तरीक़ा ही था।

उनके विचार में समाज अपनी खंडित ऐन्द्रिकता में अपनी अनुभूतियों के स्तर पर शून्य हो चुका था। वे इसी कोठरी में बैठ कर एक नए और कल्पनाशील समाज का इन्तजार करते थे। वे इसे काल-कोठरी भी कहते थे। इस शब्द से उनका मन्तव्य सम्भवतः अपने 'देश-काल' से था। यह वह स्थान था जहाँ उनकी स्मृतियाँ तरोताजा हो जाती थीं। जहाँ उनकी कल्पनाएँ जाग जाती थीं। जहाँ उनका अतीत उनके अन्तःपटल पर पुनः प्रकट हो जाता था, उनकी दमित श्रुतियाँ, बुझे काव्य, बीते सन्दर्भ, रीते सम्बन्ध इत्यादि।

वे जैसे अपने पुरखों का नुक़्ता बनकर, उनके समयों का प्रतीक और उनके संघषों की अन्तिम निशानी के रूप में अपने इस देश-काल में निमग्न विचरते थे।

यह स्थान उन्हें इसलिए भी प्रीतिकर था कि यहीं वे अपने अस्तित्व को अपने वर्तमान की रंगत में सजा और संयोजित कर उसे ऐसे देखते थे जैसे वे अपने अस्तित्व ही की कोई प्रदर्शनी देख रहे हों। इसी स्थान में उनके अपने वजूद 'वह' प्रदर्शनी होती थी जिसे वे स्वयं ही एक दर्शक की हस्ती से, अपनी ही मौजूदगी को अपनी ही जिज्ञासा और अपने ही कौतूहल से देखते थे।

इस प्रदर्शनी में वे अपनी स्मृति में विद्यमान अपने वजूद के निशानों को अपने स्मृति-चिह्नों की भाँति रखते-सजाते और फिर उन्हें अलग-अलग कोणों से देखते और विस्मित होते। इस प्रकार से आत्म-प्रदर्शनी के बहाने वे जैसे किसी ऐसी सभ्यता का सिलसिलेवार जायजा लेते थे जिसका वे स्वयं अन्तिम 'आज' हैं। उस सभ्यता के शिलालेख, श्रुतियाँ, शिल्प और स्थापत्य आदि स्मृति चिह्नों के रूप में उनकी इस आत्म-प्रदर्शनी में उनकी सभ्यता के ही रूपक होते थे। अपनी

काल-कोठरी में वे रोज आते ही इसलिए थे कि यही वह जगह थी जहाँ वे स्वयं से खुलते थे। जहाँ वे अपनेपन में होते थे। वे, अपनी स्मृतियों की ओट स्वयं ही थे। काल कोठरी में उनका 'स्वयं' जैसे उनके ही 'आत्म' में पिघल जाता था। इसी कोठरी में वे अपनी स्मृतियों का भंडारण और उन आत्मीय स्मृतियों का संयोजन-सम्पादन करते थे। अपनी स्मृतियों की इस काल्पनिक प्रदर्शनी में वे ही अपनी इबारतें खड़ी करते, उन्हें बुनते, अपने प्रतीकों को चुनते और रचते और उनके संकेतों को आविष्कृत करते। वे, स्मृति से कल्पना का सृजन करते थे, अपनी स्मृति के भंडार को समृद्ध करते थे।

वे अपने स्मृति-लोक में स्वयं का ही एक काल्पनिक-लोक बनाते हुए, उन रचे लोकों को परस्पर अपनी स्मृति का अंग बनाते चलते थे।

# बिम्ब की सम्भूति अपने प्रतिबिम्ब में असम्भूत हो जाती थी

यह अब विदित है कि कोठरी शीशमहल के नीचे, तहख़ाने में थी। यह एक ऐसा कक्ष था जो थोड़ा तल में धँसा तो थोड़ा उठा हुआ था। इस कोठरी का फ़र्श, धरती की सतह के नीचे की जमीन थी और इसकी खिड़कियाँ धरती की सतह पर थीं। उसकी छत के दूसरे पहलू पर उनके शीशमहल की जमीन थी। कोठरी धरातल में थी और शीशमहल अधर में था।

तद्‌भव-तत्सम के इस योग को उनके विचरण क्षेत्र को सत्ता और स्मृति, स्मृति और कल्पना या कल्पना और बिम्ब के युग्म की तरह भी देखा जा सकता था। दो अलग-अलग तलों पर बने-कोठरी और शीशमहल, एक तरह के बिम्ब-प्रतिबिम्ब, प्रश्न-प्रतिप्रश्न का भाव स्थापित करते थे। प्रतिबिम्ब में बिम्ब की छाप छोटी हो जाती थी। बिम्ब की सम्भूति अपने प्रतिबिम्ब में असम्भूत हो जाती थी। बिम्ब-प्रतिबिम्ब के बीच, उनकी दहलीज पर वे अपने अनुक्षण वर्तमान में रहते थे।

यहाँ उनके वे मूल्य प्रासंगिक हो जाते थे जो नये सन्दर्भों में अन्यथा अपनी प्रासंगिकता खो चुके थे। अपने चित्रों में वे इस दहलीज के विस्तार और उस विस्तार की रक्षा की चुनौती से अपने अकेलेपन में स्वयं भी प्रासंगिक होते जाते थे। वे, आत्म-प्रसंग में आ जाते थे। इस कोठरी में वे अपने चित्रों से एक ऐसी सभ्यता का खाका खींचते थे जिसका शरीर निश्चल हो और जिसकी शक्तियाँ निर्बन्ध हों। जहाँ पर यथार्थ की पहचान, शब्दों में छिपे आचरण से नहीं बल्कि अविरल श्रुतियों की साधना से हो। जहाँ, यथार्थ असन्दिग्ध हो। अपने चित्रों में वे इस सभ्यता के मिथकों के बिम्बों को, उसकी दहलीज पर रचते थे।

कोठरी की ऊँची खिड़कियों की ठंडी दीवारों से सटी लकड़ी की अलमारियाँ अनेक काग़ज, किताबों, केनवॉस और रंगों से अटी पड़ी थीं। कोठरी की दीवारें उनके रंगों के छींटों और तेल की गन्ध से उसी तरह लथपथ थीं जिस तरह वह सीढ़ी उनकी नींद के क़तरों से। जब पुरानी पुस्तकों की जिल्द की महक, रंगों और तेल की गन्ध के साथ सीलन भरी दीवारों से पपड़ी बन उधड़कर

फ़र्श पर आ गिरती थीं तो उन्हें अपने पुरखों पर पेड़ों से गिरते कुछ विरक्त सूखे पत्ते सहर्ष याद आ जाते थे।

वे अगर अपनी सीढ़ियों से नींद पाते थे तो अपनी इस कोठरी से स्वप्न पाते थे। इन सीढ़ियों से शीशमहल तक, उनका तयशुदा भूगोल स्वप्निल हो चुका था।

# सैर की दूसरी सम्भावनाएँ भी थीं

रोज पहले वे अपने स्वप्न के मिथकों को संयोजित करते हुए, उस सीढ़ी से अपनी नींद को बटोरते हुए, सीढ़ियों पर अपने इतिहास के उन खोखरों को लाँघते हुए, अपने प्रागैतिहासिक समय में विलीन हो जाते थे। वे, अपना अधिकांश समय इस कोठरी में, अपने एकान्त में काग़ज, किताबों और रंगों के साथ गुजारते थे। वे, अपनी किताबों के सहारे प्रत्यक्ष रूप से कहीं जाए बग़ैर, उन्हें पढ़ते हुए, उनमें लिखे-से सैर करते थे। वे कहते थे कि पढ़ा हुआ भूगोल, वास्तविक भूगोल के रहस्य में एक नई सम्भावना की सृष्टि करता है।

उनकी सैर की दूसरी सम्भावनाएँ भी थीं। वे, कोठरी की उन खिड़कियों के समक्ष बैठे-बैठे, उन्हें ताकते हुए, उसकी चौखटों में समाये दृश्यों पर अपनी आँखें घुमाते रहते थे। इस प्रकार वे अपने विचारों में अपने 'भीतर' की सैर करते रहते थे।

विभिन्न विषयों पर किताबें उन्हें बड़ी प्रिय थीं। वे कहते थे कि ग्रन्थों और श्रुतियों के सहारे मनुष्य जब ईश्वर की कल्पना के साथ उसे पूजने के विधान तक रच सकता है तो उसी प्रकार उन्हीं किताबों में प्रस्तुत भाषिक यथार्थ के क्रम के सहारे वह अपना विचरण नियोजित क्यों नहीं कर सकता? उनका तर्क था कि किसी जगह को देखने के लिए, उसकी रमणीयता के गोचर के लिए स्वयं का पर्यटक हो जाना आवश्यक नहीं है। वे कहते कि कहीं बिना जाए भी वहाँ पहुँचा जा सकता है। आख़िर देह की स्मृतियों का आधार, गोचर है और मन की स्मृतियों का आधार, विचार है। उनकी किताबों में एक किताब योग-समाधि की भी थी जिसमें ऐसे कई साधुओं का वर्णन था जिन्हें एक ही समय में अनेक स्थानों पर एक साथ देखा जा सकता था। वे इन पुस्तकों के भाषिक वृत्तान्तों को पढ़कर स्मृति भ्रमण करते थे। जहाँ भी मन करे वहाँ। वे उन पुस्तकों से ज्ञान ही नहीं, अनुभव भी पाते थे।

उन्हें उन पुस्तकों से मिलता परिष्कार, उनमें लिखित सूचनाओं से अधिक प्रीतिकर ठीक वैसे ही था जैसे किसी धार्मिक ग्रन्थ से एक श्रद्धालु उसमें लिखित

सूचना से 'कुछ' अधिक पाता है। उनके सन्दर्भ में यह 'कुछ' अनुमानित भ्रमण का अनुभव था तो एक धार्मिक सन्दर्भ में वही 'कुछ' कल्पित ईश्वर का अनुमान था। क्योंकि भाषिक वृत्तान्त में भाषा सब चीजों को एक साथ प्रस्तुत नहीं कर सकती, उसके वृत्तान्त में विकल्प की गुंजाइश रहती है। यह विकल्प ही उनके भ्रमण को रोचक कर देता था। पुस्तकों के सहारे उनके भटकने या विचरने के भूगोल में विस्तार हो गया था। वे बाहरी भूगोल में नहीं, अपने भीतरी भूगोल में विचरते थे। जिसके लिए इस कोठरी से बाहर कहीं और जाने की आवश्यकता नहीं थी।

वे कहते थे कि बाहर भटकने के बजाय भीतर विचरना अच्छा, कि भीतर के चौक चौबारों को देखे बिना बाहर का घूमना सतही भटकाव मात्र है।

वे स्मरण नहीं, स्मृति चाहते थे।

वे प्रत्यक्ष का अनुभव नहीं, कल्पना का योग चाहते थे।

# काल्पनिक ध्वनि

'...?'

'मेरा नाम रात्रि है', वह सहसा बोली।

कभी-कभी ऐसा भी होता है कि आपसी बातचीत में परिस्थितियों का घटनाचक्र एक ऐसे मोड़ पर आ पहुँचता है जब हमें अपने नाम का खुलासा करने के लिए दूसरे व्यक्ति से उसके आग्रह का इन्तजार नहीं करना होता। यहाँ होते परिचय की सम्भावनाएँ ऐसे संयोगों में आपसी मौन के वक़्फ़े और तटस्थ निगाहों के रूप में स्वत: ही एक प्रश्न-चिह्न से प्रकट हो जाते हैं। इन परिस्थितियों में उस प्रश्न का पूछा जाना, उसके चिह्न के पूर्व भाषा को भरना मात्र ही है। अभी-अभी इन्हीं परिस्थितियों के मौन में उपजे उस प्रश्न-चिह्न के एवज में रात्रि ने सहसा ही उन्हें अपना नाम बता दिया था।

'...और, मैं प्रारब्ध कुमार' सहसा उन्होंने भी रात्रि के पूछने से पहले ही, अपना नाम मन ही मन में खुद को ही बताया था। रात्रि की नज़र में अभी वे चुप ही थे। दरअसल यही इस क्षण की वास्तविकता भी थी।

रात्रि की नज़र और उस क्षण में तो कोई भेद नहीं था लेकिन रात्रि और उनकी वास्तविकताओं की नींवें अभी भी अपने-अपने भेदों पर, स्वतन्त्र खड़ी थीं। परिचय दरअसल एक सेतु के समान दो पृथक नींव पर स्थित उनकी वास्तविकताओं को जोड़ता है। उनकी स्वतन्त्रता में आपसी साझों का मार्ग बन जाता है।

उनकी प्रतिक्रिया के इन्तजार में रात्रि की नज़र और वह क्षण, दोनों पथरा ही रहे थे कि, 'प्रारब्ध कुमार...'

यह रात्रि के मुँह से अनायास ही निकली उनकी वह काल्पनिक ध्वनि थी जो उनके ही नाम के उच्चारण से भरी और उनके ही अचम्भे के आवरणों से ढकी हुई थी। उन्होंने अपने मन के कानों से अपने ध्वनित को सुना था।

'जी...यह मेरा नाम है, यही प्रारब्ध है।' अपने मन ही मन में वे रात्रि से बोले।

# तलाश करता व्यक्ति क़दमों से चलता है, नज़रों से दौड़ता है

रात्रि कहाँ से आ रही थी और कहाँ जा रही थी? वह प्रारब्ध कुमार से क्या और क्यों पूछ रही थी? प्रारब्ध कुमार, रात्रि की आवाज के अलावा और क्या नहीं सुन पाए थे? किसी के पूछने में प्रश्न की ध्वनि और प्रश्न के उद्देश्य के अलावा और क्या निहित होता है कि जिससे यह जाना जा सकता है कि कोई कुछ पूछ रहा है? प्रारब्ध कुमार के समक्ष, उनके फ़ासले में, रात्रि की आवाज तो ढह गयी थी लेकिन उसकी ढही आवाज के साथ अडिग क्या था?

रात्रि, प्रारब्ध कुमार की हमउम्र, आकर्षक नैन-नक़्शों और लम्बे बालों वाली, छरहरे बदन की एक ऐसी साँवली महिला है जिसको देखकर उसका नाम प्रासंगिक हो जाता है। यूँ तो प्रारब्ध कुमार उस तीव्र दोपहर की धूप में उसे अपनी ओर आते देख ही नहीं सके थे अन्यथा उन्हें यह भ्रान्ति हो सकती थी कि उस दोपहर में धधकती सड़क पर जैसे एक छाँव किसी महिला का वेश धरे, खड़ी है। एक खड़ी दोपहर में, खड़ी छाँव को देख सकने का मौक़ा वे चूक गये थे।

वहीं अगर रात्रि की दृष्टि में, अपने घनत्व में स्वयं की छवि एक छाँव की-सी होती तो दूर से आते प्रारब्ध कुमार उसे थके-हारे एक ऐसे मुसाफ़िर से दीखते जो उस तप्त दोपहर में किसी घनी छाँव की तलाश में कहीं भटकते चले आ रहे हैं।

सम्भवत: एक क्षण के लिए शायद रात्रि को यह अन्देशा भी हुआ हो कि वे एक छाँव की तलाश में हैं, उसके इन्तजार में नहीं?

वह उनकी विपरीत दिशा से, उनकी गति जितनी ही अपनी गति से उनकी ओर चली आ रही थी। विपरीत दिशाओं से एक-दूसरे की ओर समान गतियों से आने की समता में, एक-दूसरे में स्थिरता प्रतीत होती है। रात्रि ने सोचा होगा कि अगर वे उसे उनकी ओर आते हुए दूर से देख भी लें तो भी आपस में उनकी समान गति के कारण, उसकी सादृश्यता में, उनकी गतियों के अन्तरों से उठते अवरोध नहीं होंगे और उन्हें लगेगा कि सिर्फ़ वे ही चल रहे हैं?

आख़िर अवरोधों से ही तो अन्तर पैदा होते हैं। अवरोधों से ही उनकी चाल

का सम, टूटकर उसकी संवेदनशीलता को विचलित कर सकता था। किसी तलाश में निकले एक व्यक्ति की नज़र की गति, उसकी चलने की गति से तेज होती है। तलाश करता व्यक्ति क़दमों से चलता है और नज़रों से दौड़ता है।

हालाँकि रात्रि को वे किसी तलाश में भटकते व्यक्ति से नहीं लग रहे थे। अब, उनकी नज़र तो उसे एक इन्तजार वाली नज़र ही लग रही थी। इन्तजार वाली नज़र, जो चलने के बीच स्थिर ही रहती है।

मैं सोचता हूँ कि आख़िर वह ऐसी कौन-सी वजह रही होगी कि उस सूनी दोपहर के सन्नाटे में भी वे रात्रि की आवाज को सुन नहीं सके थे? हो सकता है कि उन्होंने रात्रि को अपने मार्ग पर आते हुए वैसे न देखा हो जैसे अकसर हम सामने से आते किसी व्यक्ति को देखते हैं? जैसे कि हमारा देखना ही किसी दूसरे के द्वारा कुछ कहे हुए को ठीक-ठीक सुन सकने के मार्ग को निर्बाध करता हो। वह मार्ग, जहाँ दृश्य और श्रव्य में गोचर-सन्धि होती हो।

भभकती सड़क के नथुनों से निकलते गर्म भभकों की आँच और दोपहर की तीक्ष्ण रोशनी से उसकी सतह पर बनती भ्रान्तियाँ अपना खेल, खेल रही थीं। मरीचिका का छद्म, दोपहर की रोशनी में प्रकाश में आ रहा था। प्रारब्ध कुमार, अपनी स्थिर नज़र को सड़क पर गड़ाए हुए चले जा रहे थे। हो सकता है कि उन्होंने अपने सामने खड़ी रात्रि को उन मरीचिकाओं से देखा हो? एक ऐसा दृश्य जिसमें देह का प्रतिफल उसकी परछाईं नहीं, उसका प्रतिबिम्ब हो। हो सकता है कि अपनी भ्रान्तियों में वे उन मरीचिकाओं के अर्थ को भूल बैठे हों और उनमें बला की खूबसूरत एक ऐसी स्त्री को देखकर स्तब्ध रह गये हों जिसका शीर्ष दोनों ओर है। हो सकता है कि इस दृश्य में दिखती देह के आतंक से उनका श्रव्य घुट गया हो?

# उसके बोझ और बोध में हेरफेर हो चुका था

दरअसल जब हम किसी यात्रा में चलना शुरू करते हैं, ऐन उसी वक़्त पर उसके गन्तव्य से हमारी उम्मीद भी चलना शुरू कर देती है। एक यात्री, उद्‌गम से अपने गन्तव्य की ओर चलता है और उसकी उम्मीद अपने गन्तव्य से उद्‌गम की ओर। यात्री का गन्तव्य और उम्मीद का उद्‌गम की ओर पहुँचना अगर एक साथ हो तो यात्रा सुगम मानी जा सकती है। रात्रि और प्रारब्ध कुमार का सड़क के इस बिन्दु पर मिलना एक तरह से उनकी यात्राओं का केन्द्र है। वह केन्द्र, जहाँ से गन्तव्य और उद्‌गम दोनों आपस में सामान दूरी पर हैं। वह बिन्दु, जहाँ से आगे जाने और वापिस लौटने की दूरी सामान है। वह सन्धि, जो गमन और प्रत्यागमन का योग है।

जैसे किसी यात्रा के उपरान्त हम अपनी स्मृतियों से अपने उद्‌गम को निथारते हैं, उसे याद करते हैं और जिसका भाव लगातार हमारे मानस में बना रहता है, जिसे एक प्रकार से हम उस उद्‌गम में उपजी अपनी अनुपस्थिति को अपनी स्मृति से भरने का प्रयत्न करते हैं। उसी प्रकार एक यात्रा में, हम अपने गन्तव्य में भी, अपनी अनुपस्थिति को गन्तव्य की अपनी कल्पनाओं से भरने का यत्न करते हैं। गन्तव्य पर पहुँचना उसके पूर्व-कल्पित को विस्थापित करने का कारण हो जाता है।

रात्रि और प्रारब्ध कुमार उस सड़क के एक ऐसे बिन्दु पर खड़े थे, जैसे गमन और प्रत्यागमन के योग पर स्मृति और कल्पना का आपस में आमना-सामना हो गया हो। यह कुछ ऐसा वाक़या था जहाँ कल्पना, स्मृति से उसके उद्‌गम का मार्ग माँग रही हो। जहाँ कल्पना, स्मृति पर प्रश्न कुछ ऐसे दाग रही थी जैसे वह उसमें पैठने के लिए अपना रास्ता खोज रही हो। प्रारब्ध कुमार का रात्रि के समक्ष, स्तब्ध और मौन रह जाना लगभग वैसा ही था जैसे कि पूर्वसंचित, पर-भास के समक्ष अपने विषाद में आ चुका हो?

रात्रि यह सोचते हुए उस सड़क पर चली जा रही थी कि क्या संसार में

किसी सड़क का प्रयोजन मात्र यात्रा ही है? क्या कोई सड़क दो स्थलों के बीच मनुष्य द्वारा बनाई कंक्रीट की एक काली रेखा मात्र है? एक अमुक स्थान से दूसरे के बीच की एक काली नस जैसी।

सड़क, जिस पर चलते हुए किसी अपरिचित से मुठभेड़ की सम्भावना बनी रहती है और जिसके अन्धे मोड़ों से अचानक प्रकट होता कोई व्यक्ति ठिठकने के लिए बाध्य करता है। जिससे हमें अपनी अपरिचितता का सघन अहसास होता है। रात्रि सोच रही थी कि हमें अपनी अपरिचितता के बोध के लिए किसी 'अन्य' की उपस्थिति कितनी आवश्यक होती है? बिना 'अन्य' के हमारी अपरिचितता हमारे ही भीतर अन्यथा कहीं दबी, ठिठकी रही आती है।

एक औसत मनुष्य और उसका संसार इसी ठिठकी और दबी अपरिचितता से दूर भागता है। उसका पूरा भूगोल और उसमें उसका पूरा जीवन, असंख्य परिचितताओं से घिरा रहता है। उसके जीवन में अपरिचय और सन्दिग्धता साथ होते हैं। जो जितना अपरिचित, वह उतना ही सन्दिग्ध भी। जो संज्ञान में हो, सूचना में हो, जिसे जान-बूझ लिया गया हो, वही असन्दिग्ध है। उनके जीवन में, उनका परिष्कार इसी असन्दिग्धता के आधार पर टिका है। उनके जीवन में अज्ञान और अज्ञात के बीच कोई भारी फ़र्क़ नहीं है।

रात्रि के मत में अपरिचितता का अपना अलग महत्त्व था। समझ और दृष्टि से चीजों में, उनके स्वीकरण में फ़र्क़ पड़ता है। इस फ़र्क़ से और इसी स्वीकरण से जीवन में जो अन्तर पनपते हैं, वे महत्त्वपूर्ण हो जाते हैं।

रात्रि को इस यात्रा में चेतन का मिलना एक संयोग था। उसकी यात्रा जो अब तक उस सड़क पर निर्बाध थी, अब अपनी दबी अपरिचितता के एक बोझ से भी मुक्त हो गयी थी। किसी भी यात्रा में, बोझ जितना कम हो वह उतनी ही सुखद और आसान हो जाती है। रात्रि में मन में दबी अपनी अपरिचितताओं का एक बोझ कम हो गया था। उसकी अपरिचितता का थोड़ा बोझ, आत्म-परिचय के बोध में तब्दील हो चुका था। वह सोच रही थी कि इसी प्रकार जीवन-यात्रा में भी क़िस्म-क़िस्म की अपरिचितताओं का बोझ, उस जीवन-यात्रा को कितना दूभर और कितना उबाऊ बना देता है। संयोग से वह साक्षी हो गयी थी, अध्यात्म की एक सीढ़ी पर उतर गयी थी। इस यात्रा में उसके बोझ और बोध में हेरफेर हो चुका था।

# जिसकी धमनियों में सिर्फ़ कोई स्थान समा सकता है

'मैं पहाड़ों की रहनेवाली हूँ?' रात्रि ने कहा।

उन्होंने रात्रि से यह अपनी कल्पना में भी नहीं पूछा था कि 'तुम कहाँ की रहनेवाली हो?' इस कल्पनातीत उत्तर को पाकर वे अब उसके प्रश्न की सम्भाविता में मग्न ही थे कि अनायास ही उनके मुँह से एक बार फिर वही पूर्व-उच्चारित शब्द फूट पड़ा था, जिसकी ध्वनि में अचम्भा निहित है—

'...मतलब?'

यह शब्द उनके मुँह से निकलकर किसी अचम्भे की ध्वनि की देह-सा, उनके और रात्रि के मध्य पसर गया था। जाहिर है कि इस शब्द से उनका मन्तव्य पहाड़ों के अर्थों को जानने का नहीं रहा होगा। वे तो दरअसल यह जानना चाह रहे थे कि वह उन पहाड़ों में बसे किस गाँव या शहर से थी?

उनके उच्चारण में अनायास ही कुछ ऐसा भाव भी घुला हुआ था कि जब तक उन्होंने उससे यह पूछा नहीं था कि 'तुम कहाँ की रहनेवाली हो', तब तक वह या तो 'कहीं की नहीं' या 'किसी भी जगह की' हो सकती है। स्थान का पूछना, एक तरह से 'कहीं की नहीं' और 'किसी भी जगह की' के बीच एक रिक्त-प्रश्न को रखना है। रिक्त, जिसकी धमनियों में सिर्फ़ कोई स्थान ही समा सकता है। उनके पूछे हुए का जवाब जैसे उस रिक्त-स्थान का रक्त हो, जो 'कहीं की नहीं' और 'किसी भी जगह की' के बीच बहता हो। रक्त—जो दो स्थानों के बीच, रिक्तियों में रहता है।

वे 'कहीं नहीं की' और 'किसी भी जगह की' के बीच के रिक्त को, उसके अर्थ से भरना चाहते थे।

वे अपने मन्तव्य का 'मतलब' सार्थक करना चाहते थे।

वे बोले—''पहाड़ तो आपके पूर्ण स्थान हैं, उन पहाड़ों में आप कहाँ से... ?''

'जागेश्वर'—रात्रि की तत्परता ने उनके वाक्य को एक अधूरा प्रश्न और

अपने एक शब्द को उसका सटीक जवाब बना दिया था। रात्रि का जवाब उनके रिक्त-स्थान का रक्त हो गया था। रात्रि ने रिक्त को पूर दिया था।

'और आप कहाँ के रहनेवाले हैं?' पूरे वाक्य के साथ यह प्रश्न अब रात्रि का रिक्त-स्थान था।

'मैं रेगिस्तान से हूँ।'

'रेगिस्तान तो आपका पूर्ण-स्थान है। आपका रक्त-स्थान कहाँ हैं उस रेगिस्तान में?' रात्रि ने उनके अन्दाज में अपनी तात्कालिकता को जोड़ते हुए उनसे पूछा।

अपने अन्दाज से परे, रात्रि के इस अन्दाज पर वे मुस्कुराते हुए बोले—'जैसलमेर।'

'जैसलमेर...? जहाँ का पत्थर सुबह की रोशनी में सोने-सा दमकता है, जो दोपहर की तीव्रता में अंगार-सा दहकता है और रात की शीतलता में जो बर्फ़ की सिल्ली-सा सालता है?' रात्रि के इस वाक्य में वर्णन था, व्यंग्य था या व्यंजना थी, यह कह पाना तो मुश्किल है लेकिन इस वाक्य में उसका अनुभव जरूर था, जिसकी चमकीली स्मृति एक वर्क के समान अभी तक अभंजित ही थी।

'क्या आपको पता है जब पहाड़ का विघटन होता है तो रेगिस्तान बनता है? जहाँ पहाड़ की सघनता के साथ उसकी गहनता का दरदरापन, रेत के छिदरे, झिरझिरेपन में बिन्ध जाता है। रेत पहाड़ की स्मृति है...।' रात्रि ने थोड़ा मुस्कुराते हुए उनसे कहा।

'रेगिस्तान, दरिया का भविष्य है, रिक्त-भविष्य। पहाड़, रेगिस्तान का अतीत है, रीता-अतीत। रेगिस्तान का विस्तार दो 'नहीं' के बीच है। जहाँ रिक्त और रीते के मध्य विस्तृत रेत..., एक विरक्त वर्तमान है। साधारता के ढहने से जब निर्वात बनता है तो पहाड़ का खुला-खुला, रेगिस्तान का ख़ाली-ख़ाली हो जाता है।' यह उनका ठोस जवाब था जो रात्रि के रिक्त-स्थान का रक्त हो गया था।

'अगर आप यह नहीं भी बताते कि आप रेगिस्तान से हैं, तब भी मैं यह जान ही जाती।' रात्रि, उन्हें ग़ौर से देखते हुए उनसे बोली।

'वह कैसे?' उन्होंने हैरत में पूछा।

'आपकी मुट्ठियों को देख कर?।'

'मैंने अकसर यह देखा है कि पहाड़ी लोगों की हथेलियाँ सामान्यतः खुली रहती हैं और रेगिस्तानियों की मुट्ठियाँ सामान्यतः बिन्धी...। हम पहाड़ी लोग, सहारा देने के लिए हमेशा तत्पर रहते हैं। पहाड़ के खुलेपन में रेगिस्तान का ख़ालीपन नहीं होता। हमलोग ऊँचाई पर रहते हैं, जहाँ फिसलने का ख़तरा बना

रहता है। हमारी खाली हथेलियाँ खिली रहती हैं, इसलिए खुली रहती हैं। हथेलियों से भाग्य और भविष्य को बाँचा जा सकता है तो भाव और नियत को भी भाँपा जा सकता है।' रात्रि ने कहा।

'क्या आप बता सकते हैं कि आप रेगिस्तानी लोग अपनी मुट्ठी में आख़िर क्या क़ैद किए घूमते हैं?' रात्रि ने उत्सुकता से यह सवाल पूछा था।

अपना 'आपा'...उन्होंने बहुत धीमे से यह जवाब दिया था।

रात्रि के इस प्रश्न पर मन्द-मन्द मुस्कुराते हुए, अपने आपे में आते हुए उन्होंने धीमे-धीमे अपनी पसीजी मुट्ठियाँ खोल ली थीं।

एक प्रकार से रेगिस्तान, पहाड़ के समक्ष अपने अतीत से मुक्त हो ही रहा था कि अचानक वे बोले—'फ़िराक़' अकसर कहते थे कि पहाड़ी लोग, बँधी मानसिकता के लोग होते है...पहाड़ का खुलापन ही उन्हें वैसे रखता है। लेकिन आपसे मिलकर ऐसा नहीं लगा।

# अचम्भों की समानताएँ

'आप क्या करते हैं?' संवाद की दिशा में अपने इस प्रश्न से उसमें एक वक्र को जोड़ते हुए रात्रि ने चतुराई से अपना अगला रिक्त-स्थान उनके समक्ष रख दिया था।

'खोजता हूँ।' थोड़ा रुक कर, बिना कुछ ज्यादा सोचते हुए उन्होंने इन दो शब्दों को हवा में उछाल दिया था।

'क्या खोजते हैं?' रात्रि के प्रश्न में अचम्भे की ध्वनि घुल गयी थी।

'...' वे चुप थे, निःशब्द नहीं।

'क्या, आप यहाँ भटक गये हैं? सही मार्ग खोज रहे हैं?' रात्रि के प्रश्न में अब जैसे खनन की ध्वनि भी घुल गयी थी।

'नहीं' कहकर उन्होंने चुप्पी को पुनः साध लिया था।

'क्या, आप ख़ुफ़िया पुलिस में हैं? एक राहगीर का वेश धरकर क्या आप यहाँ किसी मुजरिम को तलाश रहे हैं?' रात्रि ने उनके हुलिये को ग़ौर से देखते हुए अपने क़यास को प्रकट कर दिया था।

'नहीं' वे बोले।

'तो, क्या आप ख़बरों को खोजते हैं? पत्रकार हैं?' रात्रि ने उनके हुलिये को ग़ौर से देखते हुए, थोड़ा सोचते हुए पूछा।

'नहीं' उन्होंने कहा। कहने के बाद वे चुप थे।

'तो, क्या आप इस सड़क पर अपनी खोयी हुई कोई चीज खोज रहे हैं?' रात्रि अभी भी उनके हुलिये से ही उनको समझने की कोशिश कर रही थी।

'नहीं' उन्होंने पहले और दूसरे वाले 'नहीं' को एक नए 'नहीं' में समाहित कर लिया था। समाहित को तिरोहित करने के बाद वे चुप थे।

'तो, क्या आप इस सड़क पर किसी और की कोई खोई चीज खोज रहे हैं?' अपने कौतूहल में यह पूछते हुए भी रात्रि सचेत थी।

'नहीं' यह उनके पहले, दूसरे और तीसरे 'नहीं' का संयुक्त 'नहीं' था। उसके बाद वे पहले, दूसरे और तीसरे का संयुक्त चुप थे।

'तो क्या आप कोई सबूत खोज रहे हैं? वकील हैं?' रात्रि की जिज्ञासा अब अपने चरम पर थी।

'नहीं' इस बार उनके इस 'नहीं' में भूतपूर्व 'नहियों' का गुम्फन था। उनकी चुप्पी में भी भूतपूर्व चुप्पियों की गाँठ थी।

'तो क्या आप किसी तथ्य की तलाश में हैं? वैज्ञानिक हैं?' उनकी खोज को जानना रात्रि की खोज का कारण बन गयी थी।

'नहीं' यह उन्होंने नया अभूतपूर्व 'नहीं' रखा था जिसके साथ अभूतपूर्व चुप्पी भी रख दी थी।

'तो क्या आप किसी सत्य को पाने की तलाश में हैं? संन्यासी हैं?' रात्रि उनके रहस्यमय हुलिये में खोते हुए उनसे बोली।

'नहीं' इस बार उन्होंने एक नये, तात्कालिक नवजात 'नहीं' को बहुत धीमे से रखा था। उनकी चुप्पी भी नवजात चुप्पी थी।

'तो क्या आप किसी सभ्यता की तलाश में हैं? पुरातत्त्ववेत्ता हैं?' रात्रि का प्रश्न खोखला होता जा रहा था।

'...' अब उन्होंने पहले वाले 'नहीं' के पहले की चुप्पी को दोहरा दिया था। वे दोहराई हुई इस चुप्पी पर चुप थे।

'तो आप आख़िर क्या खोजते हैं?' अब तक रात्रि की अचम्भे में घुली जिज्ञासा कौतूहल में बदल कर तथ्यान्वेषी हो चुकी थी।

'जब दिशाएँ मिल जाएँ तो अपना गन्तव्य खोजता हूँ। और जब गन्तव्य मिल जाए तो उसका उद्‌देश्य खोजता हूँ। जब उद्‌देश्य मिल जाए तो सबका औचित्य खोजता हूँ।' यह उन्होंने धीमे से खुद के कान में कहा था।

'मैं उड़ती धूल से अपनी दिशाएँ खोजता हूँ।' उन्होंने धीमे से रात्रि के कान और अपने मुँह के बीच की दूरी में अपने इस वाक्य को उड़ेल दिया था।

'मतलब'?

इस बार रात्रि के मुँह से अनायास ही यह शब्द निकल आया था।

रात्रि सोच रही थी कि किस प्रकार दो अनजानों के बीच, उनके अचम्भों में समानताएँ होती हैं? जैसे-जैसे जिज्ञासाएँ, जानकारी में बदलती जाती हैं उन अचम्भों की समानताएँ ढहने लगती हैं, अनजानापन परिचय में बदलने लगता है।

...'आप या तो बहुत बोरिंग आदमी होंगे या बहुत दिलचस्प' रात्रि तपाक से बोली।

कुछ देर की चुप्पी के बाद वे बोले—'जो आपकी नज़र में बोरिंग है, हो सकता है वह किसी और की नज़र में दिलचस्प हो और जो आपके लिए

दिलचस्प हो वह शायद किसी के लिए बोरिंग हो...।'

'...और जब अकेले हों तो?' रात्रि ने धीमे से यह कुछ इस अन्दाज में कहा था जैसे खुद से कहा हो।

'आप क्या करती हैं?' हिचकते हुए अब उन्होंने रात्रि से यह पूछ लिया था। उनके इस प्रश्न के बाद रात्रि भी अपने अनजाने ख़याल के लम्बे सन्नाटे में खोयी हुई थी, कुछ देर के लिए वह चुप थी।

वे उसके सन्नाटे को देख भी रहे थे और सुन भी। एक क्षण के लिए उन्हें लगा कि शायद वह 'क्या करती है' का खुलासा नहीं करना चाहती हो? उन्हें लगा कि सम्भवतः वह यह इसलिए भी नहीं बताना चाहती हो कि उन्होंने भी तो उसे अभी तक यह ठीक-ठीक नहीं बताया था कि वे स्वयं आख़िर करते क्या हैं?

उनमें नाम के बदले नाम का आदान-प्रदान होनेवाला था, शहर के बदले शहर का खुलासा हो गया था, अब क्या काम के बदले काम...?

'अकेलेपन से डरती हूँ।' दो ख़ामोशियों से अधिक के बराबर की देरी से यह रात्रि ने कहा।

'मतलब?' अनायास ही उनके मुँह से सोचते हुए यह शब्द निकला था कि वह कह रही है या बता रही है? कुछ कहने और बताने का भेद गहरा ही रहा था कि—

'घूमती हूँ।' अपने अनजाने ख़याल और उनकी हिचक के पहले पूछे गये प्रश्न का जवाब रात्रि ने दे दिया था।

'क्या आप गाइड हैं?' वे बोले। उनके कहने में पूछना कम, बोलना ज्यादा था।

'नहीं' रात्रि के कहे में बोलना कम था।

'तो क्या आप पर्यटक हैं?' इस बार उनके कहे में पूछना और बोलना, दोनों ज्यादा थे।

'नहीं' रात्रि ने अपने कम बोले को दोहरा दिया था।

'तो क्या आप रिसर्चर हैं?' इस बार उनके कहे में बोलना और पूछना, दोनों कम थे।

'नहीं' रात्रि ने अपने बोले को कम, उसके दोहरावों को बढ़ा दिया था।

'आप क्यों और कहाँ घूमती हैं?' उन्होंने पूछा।

रात्रि चुप थी। उसके 'नहीं' बोलते-बोलते ख़त्म हो गये थे। उसके पास कम 'नहीं' थे।

'आप घूमती हुई क्या खोजती हैं?' उन्होंने फिर पूछा।

रात्रि ने उनके इस प्रश्न के समक्ष अपने प्रति-प्रश्न को रख दिया था—'आप

खोजते हुए कहाँ-कहाँ घूमते हैं?'

'...' वे अपनी भूतपूर्व चुप्पियों की तरह ही एक बार फिर चुप थे।

अनजाने में उनके हाथों की उँगलियाँ अपना आपा खोती हुईं अपनी हथेलियों की ओर मुड़ रही थीं। अपरिचितता, परिचय में बदल रही थी। बिखरी उँगलियाँ, मुट्ठी बन रही थीं।

# जैसे वे पानी पकड़कर सोते हों

अपनी बेख़बरी में भी वे अपनी ख़ाक को झरने से बचाए रखते थे। उन्हें लगता था कि जिनकी मुट्ठियाँ खुली रहती हैं वे अपनी बेसुधी में जहाँ-तहाँ अपनी ख़ाक को जाया करते रहते हैं। उनकी बेख़बर नज़र में ख़ाक का खात्मा, स्वयं का खात्मा था। उसका बचा रहना खुद का बचा रहना है।

सोते-जागते, बैठते-उठते, टहलते-ठहरते, आते-जाते, अनजाने में ही अकसर उनके हाथों की उँगलियाँ, अपने अँगूठों को साथ लेकर स्वत: धीमे-धीमे भीतर हथेलियों की ओर आसक्त होती हुई, अन्तत: उनमें दुबक जाती थीं। उन्हें अपने अँगूठों और उँगलियों की इस हरक़त का एहसास ही नहीं हो पाता था कि अचानक उनकी बाँहों के लटकते सिरे मुट्ठी बन गये हैं। उनके अपने अनजानेपन में अपनी खुली हथेली और अपनी बन्द मुट्ठी का भेद ख़त्म हो जाता था।

उनकी मुट्ठी जैसे कोई कली थी। वे जब-जब उसे खोलते तो लगता कि उनकी कलाइयाँ अपने सिरों पर आते-आते फूल बन गयी हों। कली का फूल और फूल का कली हो जाना उनकी बेख़बरी में उनकी ही देह के बाएँ और दाएँ हाथों का एक खेल थे।

वे जब भी गहरी नींद के सपनों में अपनी बन्द मुट्ठियाँ देखते थे, जागने पर उन्हें बन्द ही पाते थे। ऐसे में वे अपने सपने को संकेत मान कर अपनी मुट्ठी को धीमे-धीमे खोलते हुए उसकी उँगलियों और अँगूठों की संगत को तोड़ देते थे। अनजानेपन से होश में आने पर उनकी कली, खिलने से पहले ही मुरझा जाती थी। अकसर उनकी नींद, कभी बन्द मुट्ठी के अपने सपने से और कभी सपने के बाहर मुट्ठी में क़ैद अपने पसीने से खुल जाती थी। उनकी पनीली हथेलियों को देख कर लगता था कि जैसे वे पानी पकड़कर सोते हों।

जब कभी वे मुट्ठी और रेत या रेत और पानी के आपसी सम्बन्ध पर विचार करते थे, उनकी नींद, मुट्ठी में पानी और आँखों में किरकिरी से टूटती थी। उन्हें शक था कि उनके सपने की रेत उनकी आँखों में उतर आती है। अपनी

पनीली हथेलियों को देखकर उन्हें उनका वह पानी भी स्वप्निल ही लगता था। उनकी आँखें और हथेलियाँ, रेत और पानी के सम्बन्ध के खुलासे से खुल जाती थीं। 'आँख में किरकिरी' या 'बन्द मुट्‌ठी लाख की, खुली तो ख़ाक की', अनजाने में वे इन मुहावरों के सोते-जागते चरित्र हो गये थे। उनकी बाँहें लाख की कली और ख़ाक के फूल की डँगालें बन गयी थीं।

# वे स्वयं के नाम से बचे हुए थे

'आपका नाम क्या है?' रात्रि ने पूछा।

'इतनी देर से आपसे बातें कर रही हूँ, लेकिन देखिए मैं, आपसे आपका नाम पूछना ही भूल गयी। माफ़ी चाहती हूँ'—रात्रि मुस्कुराते हुए उनसे कह रही थी।

उन्हें लग रहा था कि उन्होंने रात्रि को अपना नाम बता दिया था। वे भूल गये थे कि दरअसल उन्होंने खुद का नाम, खुद को ही बताया था।

वे इस ख़याल में थे कि जैसे उन्होंने ही रात्रि की आवाज में, रात्रि की देह में से, स्वयं से अपना नाम पूछा था? जिसका जवाब उन्होंने अपनी आवाज में, अपनी देह में से, खुद को बता दिया था?

रात्रि से हुए इस वार्तालाप में और उसमें अपने 'नहीं' के अलाप में वे यह भूल ही गये थे कि अब तक वे अपने नाम को, अपने तक ही सहेजे हुए थे। उससे बात करते हुए उन्हें इस बात का अहसास ही नहीं हो सका था कि इस कारण से उन दोनों की आपस में घुलती अपरिचितता, उनके परिचयों के अधूरेपन पर अटकी हुई है।

रात्रि के उस प्रश्न से उन्हें उससे हुई बातचीत के पूरे प्रसंग में नाम का औचित्य और उसके व्यर्थ अर्थों का एहसास हो आया था। अब तक हुई अपनी बातचीत, अचानक उन्हें रात्रि का एकालाप-सी लगने लगी थी। उन्हें इस बातचीत में उनकी उपस्थिति अपने नाम की ग़ैरमौजूदगी में अब स्वयं की अनुपस्थिति-सी लगने लगी थी।

अपने अकेलेपन में अपने नाम की जरूरत नहीं होती। अकेले और भीड़ की 'आइडेंटिटी क्राइसिस' में फ़र्क़ होता है। वे जितने वर्षों से अपने शीशमहल में अकेले थे दरअसल उतने ही वर्षों से वे स्वयं के नाम से भी बचे हुए थे। या उतने ही वर्षों से वे बेनाम-से थे। वे और उनका नाम, उनके एकान्त और अकेलेपन में अलग-अलग, दो स्वतन्त्र पक्ष हो गये थे।

रात्रि के प्रश्न ने अचानक उन्हें स्वयं से विच्छिन्न हुए नाम की सन्धि पर ला कर खड़ा कर दिया था। अकेलेपन का एक अर्थ अपने नाम के साथ अकेले होना हो सकता है, लेकिन अकेलेपन का एक दूसरा अन्य अर्थ भी यहाँ प्रकट हो रहा था। जिसमें वे अपने नाम के बिना, अपने अकेलेपन में चले गये थे। स्वयं का नाम किसी और के नाम के समक्ष ही अस्तित्व में आता है, लेकिन उनके अकेलेपन में 'और' कोई नहीं था। उनकी स्मृतियों में, उनके मानस में भी उनका नाम दर्ज नहीं हो पाया था। उनका नाम उनसे बहुत पीछे छूट गया था। वे, अपनी स्मृतियों को तो अपना मानते थे, लेकिन उनका 'अपना' रात्रि के प्रश्न के बहाने अब अपना नाम माँग रहा था। वे, अपनी निरीहता में अपना नाम खोज रहे थे। उन्हें अपना होना रात्रि के एकालाप का अनामी साक्ष्य होना-सा लग रहा था। वे एक अधूरे-परिचित के एकालाप में, अनामी निरीह हो गये थे। अब वे अपने नाम से, अपनी स्मृतियों पर अपना हस्ताक्षर पाना चाहते थे।

रात्रि से हुई बातचीत और बातचीत से बन रहा सम्बन्ध इस अधूरे परिचय के अधूरे अँधेरों के कारण अपने पूरे प्रकाश में नहीं आ पा रहा था। रात्रि उनके नाम के इन्तजार में, अपने नाम के अँधेरों में डूब रही थी। वे, अपने नाम के इन्तजार में, अपने नाम के अँधेरे में डूबे हुए थे। नामों के आदान-प्रदान से होता परिचय अपने अधूरेपन के अँधेरों को पूर सकता था। साझा हुए अधूरे में साथ डूबने से, अपरिचितता उन्हें चिरपरिचित कर सकती थी।

# वह हर नाम को खोज लेना चाहता है, हर खोज को अपना नाम देना चाहता है

रात्रि से हुई बातचीत से उन्हें अब अपनी अनामी निरीहता में, एक दूरी लग रही थी। जिस तरह से हवा के झोंकों को कभी कोई दीवार रोकती है, रात्रि से हुई अपनी बातचीत में उन्हें वैसी एक दीवार की कमी लग रही थी। इस बेरोक बातचीत को अब तक उसके सम्बोधन का सहारा नहीं मिल पाया था।

बातचीत में एक सम्बोधन उस दीवार की ही भाँति है जो बातचीत को अपने पर आने देती है, उसे अपने पर रोकती है और फिर उसे वापिस करती हुई दूसरे सिरे पर उपस्थित को भेजती है। सम्बोधनों के बीच होती बातचीत में आती हुई 'बात' होती है, और भेजी हुई 'चीत'। उनकी अपरिचितता 'बात' पर अटक गयी थी, 'चीत' का इन्तजार कर रही थी। उनका चित्त अपने बिखराव से बिफर रहा था।

वे रात्रि को अपना नाम बताना चाह रहे थे। वे बातचीत के स्थगन को तोड़ना चाह रहे थे। इतने वर्षों तक अकेले अपने शीशमहल में रहने के कारण उन्हें अपने अक्सों के बीच तो रहने की आदत पड़ गयी थी लेकिन अपने ही नाम के साथ रहे आने की आदत छूट गयी थी। रात्रि ही वह पहला व्यक्ति थी जिसने उनसे उनका नाम पूछा था। शीशमहल से आने से पहले वे भी अपने अक्सों से अपना नाम पूछना भूल गये थे। वे शीशमहल में अपने 'अपनों' के साथ अपने नाम के बिना रहते थे, उनके नाम के बिना उनके 'अपनों' का भी कोई नाम नहीं था। उन्हें अपना गोत्र पता था, नाम नहीं। रात्रि ने उनसे उनका नाम पूछा था, गोत्र नहीं।

उनकी पुरानी अटैची पर से फाड़ी हुई उनके पुराने नाम की पुरानी पीली पर्ची के बचे रह आए नए रेशे उन्हें अपने फटे नाम की बची जड़ों से लग रहे थे। एक क्षण को उन्हें लगा था कि जैसे वे रेशे उनके गोत्र के रूपक हों। वे, उन रेशों को देख रहे थे, उन्हें देखते हुए अपने वर्तमान का रेशा-रेशा उधेड़ रहे थे।

वे सोच रहे थे कि वर्तमान में किसी को अपना नाम बताने का मतलब

भविष्य में अब किसी के मार्फ़त कभी अपना ही नाम सुनने की तैयारी है। संसार में अपरिचितता की कमी है। हर चीज और हर मनुष्य का कोई न कोई नाम है।

आधुनिक मनुष्य की नज़र एक अनामी-अज्ञात को हमेशा ढूँढ़ती रहती है कि वह अनामी को नाम और अज्ञात को सार्वभौम दे सके, कि निजता को सार्वजनिकता दी जा सके। मनुष्य आविष्कार करता ही इसलिए है कि कोई नाम दे सके। कई बार पहले नाम दे दिया जाता है, फिर उसे आविष्कृत किया जाता है। मनुष्य में किसी के नामकरण का अहंकार बहुत गहरे तक भरा होता है। वह हर नाम को खोज लेना चाहता है और अपनी हर खोज को नाम देना चाहता है।

वह उसे खोजता है, जो विद्यमान है। आदि-मानव, अनाम के बीच अनामी-सा ही बसता था। लेकिन आधुनिक मनुष्य नाम-मात्र में बसता है। मनुष्य ने अब तक ऐसी कोई चीज नहीं खोजी, जिसका कुछ नाम न हो। वह रिक्त को भर के ही अतिरिक्त की ओर आसक्त होता है।

हममें अपने नामकरण संस्कार की कोई स्मृति नहीं रहती। यह अनुष्ठान, नामकरण और स्मृतिहीनता के बीच बसा संस्कार है। वे अपनी चेतना से, अपने संस्कार को अपनी स्मृति में बैठा रहे थे। आज उन्हें अपना नामकरण करवाना था।

बिना नाम के रात्रि के प्रश्न के समक्ष, वे रिक्त-निराधार अतिरिक्त में खड़े थे।

# दीवार से निकलने के सारे रास्तों के साथ उसके कान भी बन्द हो गये थे

वे अपना नाम खोज ही रहे थे कि रात्रि का प्रश्न एक बार फिर से उनके कानों से टकराया, 'आपने बताया नहीं...आपका नाम क्या है?'

वे तत्काल बोल उठे, 'आप ही सोचिए...और बताइए कि मेरा नाम क्या हो सकता है? देखें, शायद धोखे से ही सही, आप मेरा ठीक नाम ले लें।'

रात्रि ने मुस्कुराते हुए थोड़े संकोच में कहा, 'यह कैसा मजाक है?'

उन्होंने गम्भीरतापूर्वक रात्रि से कहा, प्रारब्ध भी कोई चीज होती है आख़िर...'आइए, उसको आजमाते हैं। आपका नाम तो मुझे पता है। इसलिए इस खेल की गेंद तो अब आपके ही पाले में है।' वे मन-ही-मन सोच रहे थे कि रात्रि जो भी नाम बोलेगी वे अपने बाहरी अचम्भे और भीतरी स्वीकार्य में उसके कहे नाम को संयोग या अपना प्रारब्ध मान कर अपना लेंगे।

रात्रि थमी हुई सोच में पड़ी शायद एक अपरिचित के नाम को खोज रही थी। हो रहे इस परिचय में वह उसमें छिपे प्रारब्धों को भी खोज रही थी। वह किसी व्यक्ति को नाम देनेवाली थी या किसी रिश्ते को, यह समझना अभी मुश्किल था। वह किसी अपरिचित को नाम देनेवाली थी या किसी अपरिचित रिश्ते को, यह अब उस मुश्किल को समझने की कोशिश थी।

वे रात्रि के मुँह और अपने कानों से, पहली बार अपना नया नाम सुनने को बेताब थे। वे पहले ही रात्रि का पूछा हुआ प्रश्न सुन नहीं पाए थे। इस बार वे उसके कहे को लेकर इतने चौकस थे कि उनका बस चलता तो वे अपने कान और रात्रि के मुँह के फ़ासले को ही मिटा देते। इस फ़ासले में पनप सकती अपनी दीवार से भी उन्हें डर था। उन्होंने स्वयं में से किसी भी दीवार के निकलने के सारे रास्ते बन्द कर दिए थे। दीवार से निकलने के सारे रास्तों के साथ दीवार के कान भी बन्द हो गये थे। रात्रि उनके कान और अपने कानों से घिरी हुई थी। उनका ध्यान रात्रि के कानों पर नहीं, उसके मुँह पर टिका हुआ था। उनका कान भी रात्रि के कानों पर नहीं, उसके मुँह पर टिक गया था।

रात्रि उनके दिए हुए इस मौक़े में, जिसकी तलाश में वह हरगिज नहीं निकली थी, अपनी सोच में उतर रही थी। उसकी नज़र उन पर थी। वे उसकी नज़र में आ रहे थे।

वह उन्हें ग़ौर से देखते हुए, उनके हुलिये पर अपनी नज़र गड़ाते हुए, अपनी नज़र से उनके हुलिये में उतरते हुए, उनके हुलिये से उनका हाल समझते हुए, उनके हाल से उनके हालात को पकड़ते हुए, उनके हालात से अपने हुलिये में आते हुए, अपने हुलिये में उन्हें उतारते हुए, उनकी नज़र से खुद को ग़ौर से देखते हुए, अपने हुलिये पर उनकी नज़र गड़ाते हुए, उनकी नज़र से अपने हुलिये में आते हुए, अपने हुलिये से अपना हाल समझते हुए, अपने हाल से अपने हालात को पकड़ते हुए, अपने हालात से उनके हुलिये में जाते हुए, उनके हुलिये में खुद को उतारते हुए धीमे से बोली,

''मुझे लगता है आपका नाम 'चेतन' होगा।''

# पहले उच्चार में एक नाम का आविष्कार था और दूसरे में उसका प्रयोग

रात्रि के मुँह से अपने नाम का पहला उच्चारण निकलते ही, उसको तत्काल अपने कानों से निगलते ही, एक गहरी साँस लेते हुए उन्होंने अपनी चरमराती अटैची को सड़क पर रख दिया था। थोड़ी देर चुपचाप खड़े होकर वे अपने नये नाम के प्रथम उच्चार की ध्वनि को आत्मसात् कर रहे थे। वे, अपना नया नाम मन-ही-मन में खुद को सुना रहे थे। वे, अपने नये नाम को सहला रहे थे। वे, अपने नये नाम से स्वयं को बहला रहे थे। वे, अपना नया नाम, अपने पुराने नाम को सुना रहे थे। वे, अपने नामों की सुलह करा रहे थे। उनका पुराना नाम, उनके नये नाम को अपना रहा था। वे, अपने नामों के साथ, अपने अकेलेपन से अपनेपन में आ रहे थे।

अपने दाएँ हाथ की मुट्ठी को खोलते हुए उन्होंने रात्रि के समक्ष अपनी पनीली हथेली का विस्तार प्रस्तुत कर दिया था। रात्रि ने भी अपने विस्तार में आते हुए अपना हाथ उनके परिचय की तलाश और उनकी प्रतिक्रिया के इन्तजार में उनके सुपुर्द कर दिया था।

दोनों की हथेलियों की रिक्तियाँ, आपसी पसीनों में गुँथ गयी थीं।

एक भारी साँस लेते हुए, उन्होंने सड़क पर रखी अपनी पुरानी अटैची से फाड़ी हुई उस पुरानी सफ़ेद पर्ची के बचे हुए कम पुराने पीले रेशों के अवशेषों को देखते हुए रात्रि से कहा था,

'क्या आपको मेरा नाम पहले से पता था?'

रात्रि अपने अचम्भे में इस प्रारब्ध पर मुस्कुराती हुई पसीनों के संगम से अपना हाथ पीछे खींचते हुए बोली, 'नो...'

'यह कैसा प्रारब्ध है?' वे बोले।

'क्या मैंने आप का सही नाम कहा?' रात्रि की मुस्कराहट में हैरत ज्यादा थी।

'यस...' वे बोले।

'...' रात्रि की ख़ाली मुस्कराहट में उसका शक छिपा था। छिपे शक से

उसकी मुस्कुराहट इस बार रिक्त लग रही थी। यह रिक्ति उनके स्वीकरण से ही प्रकट हुई थी।

धीमे-धीमे उसकी मुस्कुराहट छिपे शक के साथ अपनी विरक्ति की चौखट पर आ गयी थी। वह उन पर मुस्कुरा रही थी या खुद पर, अब यह कह पाना मुश्किल था। रात्रि की मुस्कुराहट, असमंजस से भरे इस वक़्त में अपने प्रसंग से डिगी लग रही थी। वह उन्हें देखते हुए सोच रही थी कि हम जैसे हैं, कई बार वैसे दीखते नहीं हैं। हम जैसे हैं, वैसा जितनी जल्दी दीखने लगें, वह उतना ही अच्छा है। जैसे का तैसा दीखने में हमारे अभ्यान्तर के परदों का पारदर्शी होना जरूरी है। इस पारदर्शिता से ही हमारे अपने आन्तरिक अन्तरिक्ष का बीज, बाहर हमारे पार्श्वों पर विकसित होता हैं। भीतर का बाहर से सम्बन्ध बन जाता है। जैसे हैं, वैसे दीखने से, जैसे हैं, हम वैसा देख सकने की परिधि पर आ जाते हैं। अपने संघटन का स्वाभाविक हो जाना, अपने स्वभाव से देखना और अपनी दृष्टि को पा जाना है।

रात्रि की नज़र में 'वेनिशिंग पॉइंट' अब 'पॉइंट ऑफ़ व्यू' में तब्दील हो गया था।

'नाइस मीटिंग यू चेतन जी', रात्रि ने उनका नाम दूसरी बार लिया था। उसके पहले उच्चार में उनके नाम का आविष्कार था और दूसरे उच्चार में उसका प्रयोग। वह एक बार फिर अपनी सोच में डूबी थी कि प्रयोग से आविष्कार या आविष्कार से प्रयोग...? वह डूबी-डूबी मुस्कुरा रही थी। मुस्कुराते-मुस्कुराते उसमें छिपा उसका शक भी डूब रहा था।

वहीं नाम से मिले मान से उन्होंने मान लिया था कि बेशक वही उनका नाम है।

वे उसकी नज़र से, अपनी नज़र में चेतन हो चुके थे।

नामकरण और परिचय के इस क्षण में, एक-दूसरे के कम पुराने पसीनों के नये रेशे एक-दूसरे की पुरानी हथेलियों में रह गये थे। नया परिचय, नये स्पर्श के साथ उनकी पुरानी गन्धों के नये समय में समा गया था।

# पुरखों की स्मृतियों तक पहुँचने का माध्यम

विभिन्न विषयों पर अपनी कोठरी में रखी ढेरों पुस्तकों को देखते-पलटते हुए अकसर उनके मन में जैसे किसी फ़िल्म में 'सीपिया-टोन' में चलते एक फ़्लैश-बैक सन्दर्भ की तरह, अपने पुरखों की स्मृतियों की सदियों पुरानी एक ऐसी काल्पनिक तस्वीर खिंच जाती थी जिसमें समाज से परित्यक्त उनके पुरखे एक रूखी दोपहर में अपने सूखे कंठों की असहाय अवस्था में किसी निर्जन, वीरान जगह पर एक वृक्ष की छाँव में सिमटे खड़े हैं।

इस तस्वीर में उनके मुरझाए चेहरों को देखकर उनके मन में व्याप्त अपने परिवार की अनिश्चितताओं की कल्पना और उनके भविष्य की चिन्ताओं को भाँपा जा सकता है। अपनी स्मृति में बनती उन उदास चेहरों की इस छवि में से वे भूख से बिलखते एक छोटे बच्चे के चेहरे को ठीक-ठीक पहचान सकते थे। वे उनके दादा थे।

दरअसल उनके मानस में अपने पुरखों की ऐसी हीन छवि अपने पिता के ही मुँह से सुने उनके संघर्षों-गीतों, उनकी गाथा-वर्णनों से बनी थी। जिनके अनुसार, एक बहुत बड़े और घने वृक्ष की टहनियों से झरते सूखे पत्ते जमीन तक आते-आते, अचानक ही अधर में शब्द बनते जा रहे हैं। हवा में होती रूपान्तरण की इस घटना को देखकर वृक्ष के नीचे खड़े उनके पुरखे स्तब्ध हैं। इस घटना में पत्तों की परिणति, शब्दों के लोच में विलुप्त हो रही थी। वे नहीं जानते थे कि शब्दों के लोच और रूप के इस छल में, धीमे-धीमे वे सभी विलुप्त हो जानेवाले हैं। अपने कौतूहल में वे लोग यह भी देख नहीं सके कि वे सभी धीमे-धीमे झरते पत्तों में रूपान्तरित होते उन शब्दों के घेरे में बिन्धते जा रहे हैं। हवा में होते इस चमत्कार से प्रभावित होकर इस छवि में उपस्थित वह छोटा बच्चा उन शब्दों को पकड़ने की चाहत में उस घेरे से बाहर निकल जाता है। धीमे-धीमे शब्दों का ढेर, इबारत बनता जाता है।

शनैः-शनैः शब्दों की इमारत खड़ी हो जाती है। वे सभी पेड़ की छाँव में अपनी अन्तिम साँसों तक आपस में अपनी श्रुतियों का साझा करते हुए अन्ततः शब्दों के टीले के रूप में इतिहास में दफ़न हो जाते हैं।

उनके दादा, जो इस काल्पनिक छवि में अपने बाल्यकाल में थे, अब अपने वंश की एकमात्र जीवित कड़ी थे। वे, शब्द-बोझ से सिर्फ़ इसलिए बच गये थे क्योंकि उन्हें अभी श्रुति-बोध हुआ ही नहीं था।

समयोपरान्त समाज ने इस टीले को एक अतिशय-क्षेत्र घोषित कर दिया था। अतिशय का गल्प भी समय के साथ विकसित हो गया था। श्रुति की जमीन पर शब्द का मन्दिर बन गया था। टीले के समीप पट्टिका लगा दी गयी थी—

'इस वृक्ष के नीचे बना यह टीला चमत्कारी है। कहते हैं कि कई बरसों पहले एक चरवाहे ने इस टीले में कीर्तन की ध्वनियाँ सुनी थीं। चरवाहे को स्वप्न में टीले की खुदाई करवाने का आदेश मिला था। खुदाई में इस टीले से कीर्तन करते कंकाल और उनके इर्द-गिर्द ध्वनियों के बिखरे शब्द मिले थे। कार्तिक पूर्णिमा, वि.सं. 1082 में इस टीले पर शब्द के मन्दिर का निर्माण राजा धनसेन ने करवाया था।'

मन्दिर में उपलब्ध ग्रन्थों में दर्ज उनके पुरखों की श्रुतियों का कीर्तन चल रहा है। स्वयं से ही पनपे अन्य छोटे-छोटे पौधों और समय के साथ मिलकर वह वृक्ष अब एक विशालकाय पुंज हो गया है। उसकी छाँव बहुत शीतल है। दूर-दराज से आते दर्शनार्थियों की मन्नतें इस वृक्ष के तने और उसकी शाखाओं पर नई पुस्तकों को बाँधने से पूरी हो जाती हैं। विद्यार्थी इस वृक्ष से झरे पत्तों को अपनी पुस्तकों में इस भाव से रखते हैं कि ऐसा करने से उनकी स्मरणशक्ति तीव्र हो जाती है। वैद्य उसकी छाल से चूरन बनाते हैं और बाबा उसके पत्तों की भभूत अपने तन पर सान लेते हैं। वृक्ष की शीतल छाँव में छिपा बाजार पनप गया है। इस बाजार में आधुनिक मुद्रण यन्त्रों से छपी ग्रन्थावलियाँ धड़ल्ले से बिक रही हैं।

इस प्रकार कोठरी में रखी उनकी अनगिनत पुस्तकें अपने श्रुति-सुत पुरखों की स्मृतियों तक पहुँचने का माध्यम बन गयी थीं।

# वे श्रुति-सुत थे

वे स्वाधीन, पूर्वज थे। जब उनका इतिहास ध्वनि था, शुद्ध था। उनका वर्तमान भी अपनी ऐतिहासिक शुद्धियों से ध्वनित रहता था। वे अपनी पारम्परिक ध्वनियों के वाद्य थे, संवाहक थे।

यह वह समय था जब वे अपने जीवन में सत्य के प्रयोगों के साथ उसके असीम सत्व में, उत्कर्ष में रहते होंगे। जब उनका समाज व्यग्र नहीं, जिज्ञासु रहा होगा। जब उनकी सामाजिक बुद्धि स्पष्ट और उनका मन शान्त रहा होगा। जब वे हमारी आज की राजनैतिक स्वाधीनता के बरसों पहले एक स्वतन्त्र, सांस्कृतिक समाज के मूलनिवासी रहे होंगे। जब उनकी समझ और उनके समय में स्वाधीनता के अन्य दूसरे अर्थ भी होते होंगे।

यह वह समय था जब वे स्वधर्म की रक्षा में अपने संघर्षों और बलिदानों के बीच, अपनी शक्तियों को बचाए रखना जानते होंगे। जिनसे उन्होंने अपनी सांस्कृतिक-विद्याओं और आध्यात्मिक केन्द्रों को जिलाए रखने में बिना किसी हिचक और बिना किसी संशय के श्रद्धा से अपना जीवन न्यौछावर किया होगा। जब लोक में सांस्कृतिक स्वतन्त्रता का सामाजिक तन्त्र व्याप्त रहा होगा।

यह वह समय था जब समाज की आवाज सधुक्कड़ी करते वे पीर-फ़क़ीर, साधू-सन्त, बाबा-बैरागी होते होंगे। जिनके चरित्र में शृंगार, वात्सल्य, वीरता और प्रेम का रस होता होगा। जिनके परिष्कार से लोक-संवेदना और जिनकी आलोचना से मानवता का भेद-पाठ बनता होगा।

यह वह समय था जब समाज में जातियों का कुंठित वर्ण-भेद नहीं रहा होगा। जब समाज की सभ्यता के शिखर विभिन्न जातियों और सम्प्रदायों की मिली-जुली सामाजिक साझेदारियों से बने समवेत अवदान रहे होंगे।

यह वह समय था जब निर्मल दान दिया जाता होगा। जब दान करना जैसे धर्म का गुप्त शृंगार करना होता होगा। जब गुप्त जिम्मेदारियों से सामाजिक मूल्यों के हितों में सार्वजनिक केन्द्र और तन्त्र बनाए जाते होंगे। जब गुप्त-धर्म से समाज

की सार्वजनिक निजता प्रकाश में आती होगी। जब परम्पराओं में निहित उनकी शृंगारिकता को समाज अपने गुप्त श्रम से बचाए रखता होगा।

यह वह समय था जब अपनी सांस्कृतिक धरोहरों को बड़ी श्रद्धा से सहेजा और सँभाला जाता होगा। जब समाज के प्रभावी लोग अपनी स्वरुचि से कलाओं का प्रोत्साहन करते होंगे, उनकी प्रमुखताओं पर विचार करते होंगे और शास्त्रार्थ करवाते होंगे। जब पांडित्य को सम्मान और आतिथ्य को देव-सेवा जैसा मान देते होंगे।

यह वह समय था जब देसी सामन्तों और शाहों की मति, गैरों की कलाओं के प्रति आसक्त नहीं हुई होगी। जब उनका संरक्षण प्रबल और प्रभावी रहा होगा। जब कलाकार अपनी परम्पराओं से विचलित नहीं हुए होंगे। जब उनकी कला के आन्तरिक गुणों को उनकी विरासत के आधारों पर जाँचा जाता होगा।

यह वह समय था जब विदेशी केन्द्रों ने अपनी विशेषताओं को स्थानीय कलाकारों पर नहीं थोपा होगा। जब कलाकारों पर कृत्रिमता और पूर्वाग्रहों को रोपा नहीं गया होगा। जब कलाओं की प्रामाणिकता को अनुकरण ने विस्थापित नहीं किया होगा।

यह वह समय था जब देश और समाज अविभाजित रहा होगा। जब समाज में गहन सांस्कृतिक बोध रहा होगा। जब सांस्कृतिक बोध का सम्बन्ध साक्षरता से नहीं होता होगा। जब संस्कृति के अवदान बिना अक्षरज्ञान के भी, बिना पढ़े-लिखे लोगों को भी उपलब्ध होते होंगे। जब निरक्षरों को भी आत्मसम्मान का समान अधिकार होता होगा।

यह वह समय था, जब समाज में निरक्षरों और शिक्षितों के बीच भाषिक भेद की कोई खाई नहीं रही होगी। जब समाज अपनी भाषा को तज कर किसी और की भाषा नहीं बोलता होगा।

फिर, वह समय भी आया होगा जब इस समाज का सामूहिक दमन करनेवाले लोगों का एक जहाज एक लम्बी समुद्री यात्रा तय करते हुए एक लम्बे समय तक तक इस जमीन पर क़ब्जा कर सकने की तैयारियों के साथ सुदूर के किनारों से चलता हुआ इस सभ्यता के पवित्र उन्मुक्त जल की लहरों से टकराता हुआ उसके किनारों पर आया होगा। उन्होंने जहाजों के पाल खोल दिए होंगे। उन्होंने हवा के रुख़ को अपने प्रयोजन की ओर मोड़ने का प्रयत्न किया होगा। जिन्होंने अपने जहाज पर इस समाज से व्यापार की अपनी खोटी नीयत की सामग्रियों के साथ उनके प्रचार के लिए एक मुद्रण-यन्त्र (प्रिंटिंग प्रेस) को भी अपने साथ लादा होगा।

वह समय भी आया होगा जब वे इस भूमि के असाधारण विन्यास और

समाज के असाधारण परिष्कार से चकित हुए होंगे। जब इन अतिथियों के मन में इस भूमि और इसकी दमक को लेकर लालच आया होगा और इस भूमि पर अपने राष्ट्र–ध्वजों को स्थापित कर उन्हें फहराने का विचार आया होगा। जिसके लिए उन्होंने एक सामूहिक षड्यन्त्र को बुनने की शुरुआत की होगी। अपने षड्यन्त्र का पहला परचा उन्होंने अपनी प्रेस से छाप कर अपने साथियों को भेजा होगा। उनके लालचों से प्रभावित होकर उनके पास इस षड्यन्त्र में शामिल होने के लिए विभिन्न प्रकारों की विशेषताओं वाले उनके निपुण, चतुर और चालाक लोग भी भविष्य में कई अलग–अलग जहाजों से यहाँ आकर अब उनसे जुड़नेवाले होंगे।

वह समय भी आया होगा जब उन चालाक लोगों ने इस भूमि के शान्त, सभ्य और भोले समाज को खंडित करने के लिए पहले तरह–तरह के झूठ गढ़े होंगे, फिर उन्हें विस्थापित करने के विभिन्न प्रयत्न शुरू किए होंगे। उन झूठों को प्रचारित किया होगा। लायी हुई प्रेस से उन झूठों को प्रकाशित किया होगा। कुछ स्थानीय लोगों को लालच देकर उन्हें अपने षड्यन्त्रों में मिलाया होगा, उनकी सहायता से इस सभ्यता की जड़ों को खोदा होगा। प्रचार के जरिये उन्होंने इस सम्भ्रान्त समाज की ऐसी धारणा को स्थापित करने की शुरुआत की होगी कि यह अविश्वसनीय, असभ्य और पिछड़ी है।

वह समय भी आया होगा जब उन्होंने इस तर्क से हमारी भाषाओं को कठिन और असन्तोषजनक घोषित किया होगा कि वे ज्ञान के प्रसार में बाधक हैं। जब उन्होंने समाज में यह अन्धविश्वास गहरे से पनपा दिया होगा कि बिना अँग्रेजी ज्ञान के विश्व–विचार को नहीं समझा जा सकता।

वह समय भी आया होगा जब अपनी भाषा की तुलना में अँग्रेजी के प्रति इस समाज के शिक्षित वर्ग का रुझान पनपने लगा होगा। हमारी भाषाएँ जो सदियों में विकसित हुई थीं, अँग्रेजी की तवज्जो के कारण अचानक हाशिये पर डाल दी गयी होंगी। जब भाषाओं की उपेक्षा से इस देश और उसकी संस्कृति की उपेक्षा का मार्ग खुल गया होगा। जब भाषाई भेद पूर्णतः विकसित हो गया होगा।

वह समय भी आया होगा जब अशिक्षितों के लिए नये ईसाई विद्यालय बने होंगे ताकि वे उनके धार्मिक निर्देशों को ग्रहण कर सकें। तब उनके सामने दो ही रास्ते बचे रहे होंगे, या तो उन्हें ईसाई होना होगा या अशिक्षित–असभ्य रहे आना होगा।

अपनी कोठरी में इस प्रकार से वे अपने पुरखों को, उनके समय और संघर्षों को समझने का प्रयत्न करते रहते थे। उनकी दृष्टि अपने वर्तमान से सम्भवतः भक्ति काल की अन्तिम शताब्दी के मध्य के किन्हीं वर्षों तक रहे अपने पुरखों तक जा पाती थी। वे अपने पुरखों के भोलेपन में उनके ठगे जाने से व्यथित

होते थे, जिन्हें नहीं पता था कि भविष्य में उनके वंशजों की राजनैतिक-स्वतन्त्रता को उन्हीं की सांस्कृतिक-स्वतन्त्रता की कीमत पर पाया जाएगा। उनकी ठिठकी वर्तमान स्वतन्त्रता, अपने पुरखों की ठगी स्वाधीनता पर बिलखती थी।

उनके पुरखे और बिरादरी के अन्य लोग प्रिंटिंग प्रेस के आगमन से अचानक हाशिये पर आ गये थे। वे, अपनी परम्पराओं से बिछुड़ गये थे। वे, श्रुति-सुत थे। हमारी वह निधि जो शिलालेखों, ताड़ और ताम्रपत्रों पर दर्ज थी और मन्दिरों और मठों में उपलब्ध थी। वे, नित्य उनका शुद्ध पाठ करते थे। उन्हें अपने ग्रन्थ और पुराण कंठस्थ थे।

समय के साथ उनकी ध्वनि को शब्द में क़ैद करने की तकनीक का विकास हो गया था। हस्तलिखित शास्त्रों की मशीन पर छपाई शुरू होते ही जैसे अक्षर से ध्वनि का क्षरण होना शुरू हो गया था। वे श्रुतियाँ, जो लोक में व्याप्त थीं अब इन मशीनों में छपी पुस्तकों से सजिल्द बाजार में उपलब्ध हो गयी थीं। उन पुस्तकों को जो पढ़ सकते थे, वे साक्षर कहलाने लगे और देखते ही देखते साक्षरता को सभ्यता का प्रमुख लक्षण मान लिया गया था।

छपाई के इस प्रभाव से उनके पुरखे हतप्रभ थे। वे, बाजार की नज़र से असभ्य हो गये थे। प्रिंटिंग प्रेस के आगमन के बाद जब तक उन प्रेसों में छापा-चित्र बने तब तक समाज में साक्षर-निरक्षर का विभाजन नहीं हुआ था। उन छापा-चित्रों के विषय मुख्यतः लोक व्याप्त धार्मिक प्रसंग ही होते थे जिनका मुद्रण उस पैमाने पर नहीं होता था, जिस पैमाने पर पुस्तकों का होने लगा था। इन चित्रों को मुख्यतः मन्दिरों या कुलशील घरों में ही देखा जा सकता था। इस कारण 'देखने' के सन्दर्भ में प्रिंटिंग प्रेस का समाज में एक हद तक योगदान रहा, लेकिन 'पढ़ने' के सन्दर्भ में वही प्रेस इस समाज में फाँक का कारण बन गयी।

प्रिंटिंग प्रेस के आगमन के पहले तक संस्कृति के जो अवदान बिना अक्षरज्ञान के भी जिन बिना पढ़े लोगों को भी उपलब्ध होते थे, वे अवदान प्रेस के आगमन से धीमे-धीमे सकल समाज की उपलब्धि के बजाय सिर्फ़ साक्षर वर्ग के कुछ लोगों तक ही सीमित रह गये थे।

श्रुति को शब्द का बाजार लील चुका था। पुस्तकों में छपी श्रुति, शब्दों से ढह गयी थी। उनकी अपनी ही निधि अब उन्हें ही अबूझ लगने लगी थी।

उनके पुरखे निरक्षर तो थे, असभ्य भी घोषित कर दिए गये थे।

# वे अपनी भाषा में याद कर के उसे आत्मीय नहीं बनाना चाहते थे

वे अपनी स्मृति और प्रतीक्षा के मध्य, अपनी कोठरी के आत्यंतिक वर्तमान में, उसके एकान्त के केन्द्र में दफ़न अपने पुरखों की श्रुतियों को ढूँढ़ते-फिरते थे। जहाँ अकसर वे कभी अपने मन में और कभी उच्चार में, स्वयं से अँग्रेजी में ही बात करते थे। अगर कोई वहाँ होता तो उन्हें अपने कानों से स्वयं की गहरी स्मृतियों में डूबे हुए, स्वयं से फर्राटेदार अँग्रेजी में बात करते हुए, उनके स्वरचित आत्मालाप को सुन सकता था।

वे उवाच उनके उन्माद या विषाद नहीं, बल्कि वे उनकी अपने एकान्त में अन्तर्दर्शन और अन्तर्द्वन्द्वों की गोपनीय उक्तियाँ थीं, जिन्हें मूलतः तीन श्रेणियों मे बाँटा जा सकता था। पहली यह कि कई बार वे अपनी उन बातों को बड़बड़ाते थे जिन्हें वे दूसरों से कहना चाहते थे, जो कभी किसी प्रश्न के समक्ष मौन बनी, निरुत्तरित-सी उन तक ही बची रही आई थीं। अँग्रेजी में वे उन प्रश्नों के उत्तरों को बुदबुदाते रहते थे। एक तरह से वे उन प्रश्नों के बोझ से मुक्त हो जाना चाहते थे। दूसरी श्रेणी उन बातों की थी जिनको साझा कर सकने का मौका ही उन्हें कभी नहीं मिला या यह भी कह सकते हैं कि किसी उत्तर की भाँति यह वे उद्गार हैं जो अपने प्रश्नों के विरह में अब तक उनमें जीवित थे। लेकिन उनके उवाचों की तीसरी श्रेणी में उनकी स्मृतियाँ उतरती थीं जिसमें वे अपनी बेसुधी में अपने पुरखों पर हुए अत्याचारों, यातनाओं, उनके असभ्य होने की घोषणाओं के साथ उनकी निरीहता पर विचार करते-करते अपने और उनके समय के अन्तरों को बुदबुदाते थे।

वे अचानक ही अपने व्यक्तिगत इतिहास का अनूदित पाठ या किसी बीते प्रसंग का साझा अपनी इस कोठरी से करने लगते थे। इन क्षणों में उस कोठरी का रोम-रोम उनके अनुवादों से ठुँस जाता था। किसी ने भी उनसे यह कभी नहीं पूछा था कि वे अपने एकान्त में अँग्रेजी में क्यों बकबकाने लगते हैं? दरअसल वे

जानबूझ कर ही अपनी स्मृतियों को अपनी मातृभाषा की गोद नहीं देना चाहते थे। वे जानते थे कि अपनी बात को अपनी ही भाषा में न कहने से उससे वैसी ही दूरी बनती है जैसे किसी अनुवाद में पाठक की उसके मूल से एक दूरी बनी रहती है। अँग्रेजी में अपने उवाचों से वे ठीक उसी प्रकार अपने मूल को खुद से ही बचाते और निथारते थे।

वे सोचते थे कि जिस प्रकार दूर से बात करने से भाषा में भी एक दूरी का भाव आ जाता है और आपस में बात करने में वही भाषा आपस की हो जाती है, जिस प्रकार नजदीक से बात करने पर भाषा में भी नजदीकी आ जाती है उसी प्रकार स्वयं से बात करने में भाषा में भी आत्मीय भाव आ जाता है।

वे अपने इतिहास से क्षुब्ध थे और अपनी भाषा में याद कर के उसे आत्मीय नहीं बनाना चाहते थे। वे, अपने पुरखों पर हुईं यन्त्रणाओं की टीस को अपने मन में और उनके समय को अपने अनूवादित उच्चार में लाते थे। एक तरह से वे अपने भीतर, अपनी ही तरह से, अपने ही पुरखों को उनके ही समय से विस्थापित करने का एक वैचारिक प्रयत्न करते रहते थे। जिस भाषा के लोगों ने उनके पुरखों को प्रताड़ित किया था, जिन्होंने उनके पुरखों को अपनी परम्पराओं से विलग कर उनके जीवन को अप्रासंगिक बना दिया था, अपने वैमनस्य में वे उसी भाषा से अपने पुरखों को अपनी स्मृति में उनके इतिहास से उन अत्याचारियों को ठीक वैसे विलगाते थे जैसे—गेहूँ बीनते हुए हम उससे कंकरों को अलगाते हैं।

वे पुरखों पर हुए अत्याचारों को भूलना नहीं चाहते थे लेकिन उनके अत्याचारियों को अपनी स्मृतियों की ओट में आत्मीयता भी नहीं देना चाहते थे। वे चाहते थे कि अपने स्मृतिलोक में अपनी परम्पराओं, पुरखों और उनकी श्रुतियों को ऐसे बसाया जा सके कि अपनी भाषा में याद करते हुए उन्हें आत्मीयता भी दी जा सके। उनकी स्मृति जैसे—दो आलयों में बँटी थी, एक जो आत्मीय है और दूसरी वह, जो अनूदित है।

# बाहरी भूगोल के अन्यत्र और भीतरी अन्यत्र के भूगोल के बीच

वे कहते थे कि जिस प्रकार हमारे 'भीतर' की बनावट में, हमारे विवेक और हमारी अनुभूतियों के स्तर पर उनके अर्थों के विन्यास की आन्तरिकता में, हमारे बाहर बसी प्रकृति के पुट का गोपनीय योगदान होता है, ठीक उसी प्रकार हमारे 'बाहर' बसी प्रकृति के प्रसार में, हमारी ही अनुभूतियों की व्याख्याओं से उसकी आन्तरिक गोपनीयता में, हमारे दृष्टिकोण से उसके प्रसरण में हमारे भीतरी पुट का भी उतना ही योगदान होता है।

बाहरी, जिसमें हमारा 'भीतरी अंश' भी है; स्मृति बनकर हमसे जुड़ता है और भीतरी, जिसमें हमारा 'बाह्य अंश' है; प्रकृति में प्रकट है। जिससे आत्मीयता बनती है। इस भीतरी भाव को बाहर खोजना और उसे पा सकना उस आत्मीय आनन्द को पाने के समान है जो अन्यथा उस आन्तरिकता के इन्तजार में आत्म से अपदस्थ ही रहा आता है।

वे मानते थे कि हमारे भीतर स्वयं का ही एक ऐसा 'अन्य' भी होता है जो हमारी अपनी ही स्मृतियों से पृथक, अपने अनुभवों से अनभिज्ञ और बेगाना बना रहता है। वे अपने इतर को अपने उवाचों से, अपनी स्मृतियों और अनुभवों से अवगत कराते थे। वे जानते थे कि वह अनभिज्ञ होता ही इसलिए है कि सूक्ष्म स्तर पर वह 'अन्य', अपने ग़ैर और अपने परायेपन में हमारे भीतरी 'अन्यत्र' से ठीक तालमेल नहीं बैठा पाता। इस भीतरी-ग़ैर की हमारे भीतरी 'अन्यत्र' के सूक्ष्म प्रस्तरों पर छाया तक नहीं पड़ पाती, जिसके चलते वह अपने अछूतेपन में, अलग-थलग पड़ा, ग़ैर ही बना रहता है। इस निष्पक्ष 'अन्य' को वैसे ही सम्बोधित करना होता है जैसे किसी वक्ता को बाहरी 'अन्य' को सम्बोधित करने के लिए उसकी खुश्की का अन्दाज या उसकी थाह लेना आवश्यक होता है। इस प्रकार वे अलग-अलग तरीक़ों से अपने इस भीतरी 'अन्य' की थाह लेते रहते थे। उनके यहाँ बाहरी 'अन्य' नहीं था।

वे अपने भीतरी 'अन्य' के परिष्कार के प्रति सचेत थे लेकिन इस भीतरी

‘अन्य’ को अपनी मातृभाषा के बजाय एक ग़ैर भाषा में सम्बोधित करते थे। हमारी स्मृतियों के भूगोल का दिगन्त हमारे भीतरी ‘अन्यत्र’ में ही है। हमारी स्मृतियाँ, बाहरी भूगोल के अन्यत्र से, भीतरी अन्यत्र के भूगोल के बीच ही तैरती हैं। हमारा मानस इन ‘अन्यत्रों’ को सम्पादित करता हुआ, हमारे ग़ैर को अपनेपन में ढालता हुआ, हमारे अस्तित्व के गुनिये को सहारा भी देता है।

वे अपने ‘अन्य’ को पुष्ट भी करते थे और उसकी पुष्टि से स्वयं की थोड़ी दूरी भी बनाए रखना चाहते थे। उनकी यह दूरी ही उनके ‘अन्य’ को वह स्थान दे सकती थी, जिसमें वे, उदासीन ही सही लेकिन हों तो। जहाँ से वे उसे साफ़-साफ़ देखते रह सकें।

अब तक अपनी इसी दूरी के कारण उनकी  स्मृतियाँ उनके हस्ताक्षरों से सत्यापित नहीं थीं।

# हम अचूक सम्भावनाओं से बने हुए हैं

आपस में हो रहे परिचय के प्रमाण में किसी के नाम के समक्ष अब अन्य के नाम का खुलासा ही नहीं बल्कि एक नए नाम की स्थापना भी हो गयी थी।

जाहिर है अपने ही हाथों से ढली इस नींव से रात्रि अनभिज्ञ ही थी। वह इस तथ्य से भी अपरिचित ही थी कि अभी-अभी, सहसा ही वह एक अपरिचित की प्रवर्तक हो चुकी है।

परिचय की परिधि पर तो अकसर दो नामों का आदान-प्रदान ही होता है, उसमें आपसी प्रगाढ़ता उस परिधि के केन्द्र में विन्यस्त होती है, उसे विकसित करती है। नाम—जैसे दो लोगों के बीच हो सकने वाले संवाद में इस परिधि में प्रविष्ट होने का द्वार हो। जिसके सहारे दो अपरिचित एक दूसरे में टहल सकें। बिना नाम को जाने तो हम सिर्फ़ उस परिधि के बाहर ही विचर सकते हैं लेकिन नाम हमें मूलतः एक पता देता है—हमें बैरंग होने से बचा लेता है—जो उसके अन्तस को ही नहीं बल्कि उसके बाह्य को भी एक पहचान दे देता है। उसमें एक फ़लक जोड़ देता है जिस पर, नाम एक शब्द में किसी का रंग हो जाता है।

प्रारब्ध कुमार अब अपने नये नाम के साथ थे।

नाम, जो रात्रि की नज़र में तो उनकी मूलतः प्रचलित पहचान थी, लेकिन उनकी खुद की नज़र में तो यह सिर्फ़ वे ही जानते थे कि यह उनका 'नया' नाम है। सामान्यतः मनुष्य कुछ नये की खोज में वैसे नहीं चौंकता जैसे अभी-अभी, रात्रि अपनी खोज में उनके पुराने नाम को पाकर चौंकी थी।

चेतन यों अपने नये नाम के साथ अपनी नयी बुनियाद पर खुद को सँभालते हुए कुछ यूँ खड़े थे कि जैसे वे अपने पुराने पैरों से अपने नये नाम पर, उसकी जड़ पर खड़े होने की कोशिश कर रहे हों?

अपने नये और पुराने नामों के बीच खड़े-खड़े, वे उनमें स्वयं का सामंजस्य बैठाने का यत्न-प्रयत्न कर रहे थे। उनका पुराना नाम उन्हें अपने नए नाम से देख रहा था।

उनका पुराना अब उनके नये का साक्षी हो गया था। जो अब उनके नये को प्रचलित भी कर रहा था और विचलित भी।

'क्या यह संयोग कुछ अजीब नहीं है कि मैंने सिर्फ़ आपको देखते हुए, अनायास ही आपका ठीक नाम जान लिया?' रात्रि ने चेतन से अचम्भे से कहा।

रात्रि अभी तक इस अप्रत्याशित घटना में अपने अचूक अन्देशे को पचा नहीं सकी थी। वह अभी भी इस अन्दरूनी पशोपेश में फँसी थी कि अकस्मात् ही सही, लेकिन ऐसा सम्भव हो कैसे सकता है? उसकी नज़र में, उसे यह हक़ीक़त अपनी कैफ़ियत में अतिनाटकीय लग रही थी।

वह यह कल्पना ही नहीं कर पा रही थी कि इस अधूरी सड़क पर एक अनजान व्यक्ति किसी कोरे काग़ज की तरह कुछ ऐसे मिल जाएगा कि वह उस पर जो लिखेगी वह सही ही होगा?

यह अनपेक्षित सम्भावना उसके लिए अकल्पनीय ही थी।

'ऐसा भी होता है कभी-कभी। मुझे लगता है, कि हम हमेशा अपने देखने के साथ-साथ अपनी आकस्मिकता को भी बहुत कम कर आँकते हैं।'

रात्रि के अचम्भे से भरे प्रश्न पर अभी यह जवाब चेतन ने दिया था या प्रारब्ध कुमार ने, यह कह पाना मुश्किल है।

'लेकिन यह मौक़ा तो अजब संयोग है। मैं अभी भी अचम्भे से भरी इस अनहोनी से बाहर नहीं आ सकी हूँ। अपने सटीक और अचूक तुक्के से मुझे तो अब खुद पर भी शक है।' रात्रि, चेतन से कह रही थी। वे रात्रि को ग़ौर से देखते हुए उसे उतने ही ग़ौर से सुन भी रहे थे।

उसे सुनते-सुनते, उन्होंने अपनी सिगरेट को सुलगाते हुए अहिस्ता से उसे अपनी उँगलियों के बीच फँसा लिया था। रात्रि के विचार के साथ अपने विस्तार में डूबते हुए उनकी उँगलियाँ, भीतर हथेलियों की ओर मुड़ती हुई मुट्ठी बन गयी थीं। दूर से देखने में उनकी मुट्ठी में फँसी सिगरेट, किसी डँगाल के सिरे पर लटकती कलियों के गुच्छे में फँसी एक अगरबत्ती-सी लग रही थी।

अपने विस्तार से उभरते हुए और इसी बीच सिगरेट का एक लम्बा कश खींचते हुए वे रात्रि से बोले, '...अपने अचूक अन्देशे पर आपको शक इसलिए है कि ऐसा आपके साथ पहले कभी नहीं हुआ। हम अचूक सम्भावनाओं से बने हुए हैं लेकिन हम उनपर अपना विश्वास उनसे चूकने पर ही बना पाते हैं। देखिए, अस्तित्व के सूक्ष्म स्तरों पर, हमारे प्राकृतिक प्रस्तरों पर जो चूक होनी तय थी वह हो चुकी है। उसके बाद जो शेष अचूक है, हम उसी से बने हैं। हमारे अस्तित्व में आने के बाद जिन चूकों से हमारा सामना होता है, वे प्राकृतिक नहीं बल्कि वे हमारी अपनी चूकें हैं। जैसा कि हमारा देखने से चूकना? हम किसी चीज को

देखते हैं, वह एक बात है। लेकिन किसी चीज का हमारे देखने की प्रज्ञा-परिधि में आ जाना अलग बात है। हम देखने की इस दूसरी सम्भावना से धीमे-धीमे बिलग गये हैं। दरअसल, जब आप मुझे दूर से देख रही थीं और मैं उससे अनभिज्ञ, आपकी ओर चला आ रहा था। शायद मैं इस अधूरी सड़क पर चलता हुआ आपके देखने की उस परिधि में प्रवेश कर गया था, जिसमें आपकी प्रज्ञा थी। और शायद इसीलिए आप मुझे ठीक-ठीक देख पाईं, क्योंकि देखने का प्रयत्न आपने ही किया था। आप चकित हैं, क्योंकि आप चूकी नहीं।

रात्रि की शंका के समक्ष वे अपने ऊहापोह और स्वमन्थन में इस निष्कर्ष पर थे कि आधुनिक मनुष्य की स्मृति के आधारों में 'बिम्ब' का स्थान घटा है। उन बिम्बों के स्थापत्य में अपना योगदान देती हमारी ज्ञानेन्द्रियों की संवेदना भी हीन हुई है।

अपनी इस बात को रखने का उनका अपना ही तर्क था। वे कह रहे थे कि वह बिम्ब, जो ध्वनि, चाक्षुष, श्रव्य, स्पृश्य या गन्ध का हो सकता है या जिसका आरम्भ हम सबसे पहले अपनी ऐन्द्रिय चेतना से करते हैं, जिनके सहारों से ही प्राप्त प्राथमिक अनुभवों के आधार पर वह बिम्ब बनता है। शायद इसीलिए हमारा स्मृत-कभी किसी गन्ध या किसी स्पर्श या कभी किसी स्वर के सहारे उनके अनुभवों की दर्जबन्दी पर बनता चलता है। हमारा वही स्मृत, चाक्षुष-संवेदना विहीन हो गया है। इस अर्थ में आधुनिक मनुष्य अपने खंडित ऐन्द्रिक अस्तित्व में जी रहा है।

वे सोच रहे थे, कि जिस प्रकार मनुष्य अपनी ऐन्द्रिय क्षमताओं से अपने विवेक को जगा लेता है, वही मनुष्य ऐन्द्रिक स्तर पर 'देखने' के निमित्तों में अपने उसी विवेक को खो बैठा है।

उनके इन अर्थों में हम एक ऐसा सभ्य-समाज हैं, जो दृष्टिहीन है। जो बिना दृष्टि के देखती है।

प्रारब्ध कुमार उर्फ़ चेतन, अपने आप में डूबे हुए बिना किसी विराम, विश्राम और विधि के रात्रि से बात के बहाने जैसे स्वयं से संवाद करते हुए अपने निर्बाध विस्तार में उतर रहे थे। रात्रि से मिले नाम के कारण उन्हें जैसे अपने ही भीतर कोई अपना साथी मिल गया था। जिससे वे अपने मन-ही-मन में चर्चा कर रहे थे। चेतन की प्रारब्ध कुमार से बातचीत शुरू हो गयी थी। उनकी मुट्ठी में फँसी उनकी जलती सिगरेट का धुआँ उनके और रात्रि के बीच, उनके फ़ासले और उसकी शक की गली में भर गया था। उनकी सिगरेट अपने में ही जलती-जलती उनकी मुट्ठी में बिन्धी अपनी जड़ तक पहुँच गयी थी। सिगरेट का जलना, जैसे उनकी मुट्ठी में उसका चलना था।

'चेतन जी...?' चेतन के इस लम्बे जवाब के बाद की थोड़ी देर की चुप्पी

के बाद, अपनी शक की गली से बाहर आते हुए, अपने फ़ासले से उनकी सिगरेट के धुएँ को उड़ाते हुए, रात्रि ने चेतन के समक्ष अपनी जिज्ञासा की ध्वनि में उस अधूरे वाक्य को उतार दिया था जिसमें उनका पूरा नाम खुदा था और उसका खुद का अधूरा मौन पूरा था।

'...चेतन'। उन्होंने रात्रि के मुँह से निकले अपने नये नाम के साथ उस अधूरे मौन को भी सुना था। अपना नया नाम सुन कर उन्हें एक क्षण के लिए लगा कि जैसे रात्रि किसी और ही से कुछ कह रही हो? वे, अपने नये नाम के साथ अपने आत्म को अभ्यस्त करने की कोशिश कर रहे थे। इसी कोशिश में तत्काल ही उन्होंने अपने ध्यान को रात्रि के कहे की ओर मोड़ कर कहा, 'जी... ?' चेतन, अब थोड़ा सचेत हो गये थे।

संवाद की तात्कालिकता में विलम्बन के अलग सन्देश हो सकते हैं। वे अपने दो परिचयों के सायों में अपनी अजब ऊहापोह में फँसे थे। रात्रि का उनके 'नये' से पूछने से उन्हें भी अटपटा लग रहा था। रात्रि उनके नाम की आकस्मिकता और वे अपने दो नामों की अराजकता से चकित थे। उनसे कुछ भी कहा हुआ उनके पुराने नाम से होता हुआ ही उन तक पहुँचता था। जिसकी भ्रामकता से उनके सम्प्रेषण की तात्कालिकता में उनकी ओर से विलम्बन हो जाता था। वे, अभी अपने नये और पुराने नाम के बीच, स्वयं को स्थित और स्थिर कर रहे थे। सामान्यत: हम अपने एक ही नाम से अपना सम्बन्ध बनाते हैं। चेतन की दुविधा गहरी हो गयी थी। वे, अपने दो नामों के बीच भटक रहे थे, अटक रहे थे।

# आगे जो पीछे है...

अपने अधूरे मौन को भरते हुए रात्रि उनसे पूछ रही थी, 'चेतन जी, आप कहाँ से आ रहे हैं? हम लोग बीच राह में मिले हैं। निश्चित ही आप कहीं से आ रहे हैं और कहीं जा रहे हैं, जैसे मैं भी कहीं से आ रही हूँ और कहीं जा रही हूँ?' रात्रि का पूछा हुआ यह प्रश्न चेतन के पास प्रारब्ध कुमार से होता हुआ पहुँचा था।

'मैं 'वहाँ' से आ रहा हूँ।' चेतन ने अपने पीछे छूटी अधूरी-सड़क की ओर अपनी उँगली उठाते हुए कहा। यह चेतन ने प्रारब्ध कुमार के ठिकाने की ओर इशारा करते हुए रात्रि से कहा था। रात्रि उनकी उँगली और उँगली से बनती दिशा को एक साथ देखने का प्रयास कर रही थी। पीछे छूटी अधूरी सड़क की ओर बसे 'वहाँ' का इशारा चेतन ने उस ओर पलट कर नहीं किया था। लेकिन रात्रि को उस ओर का इशारा करके दिशा बताने का यत्न चेतन के प्रारब्ध कुमार ने पलट कर ही किया था। प्रारब्ध कुमार, रात्रि को चेतन की उँगली और उँगली से बनती दिशा को देखते हुए देख रहे थे।

चेतन अभी भी असमंजस में थे। 'वहाँ' से तो प्रारब्ध कुमार आ रहे थे, जो आते-आते बीच सड़क पर किसी के हाथों से 'चेतन' हो गये थे। जो रात्रि के कर-कमलों से उद्घाटित हो गये थे। वे, चेतन को प्रारब्ध कुमार का इतिहास और प्रारब्ध कुमार को चेतन का वर्तमान दे रहे थे।

'वहाँ कहाँ से?' रात्रि ने चेतन से पूछा। रात्रि के पूछने को चेतन और प्रारब्ध कुमार, दोनों ने सुना था।

'मैं इसी सड़क पर पीछे छूटे उसके अधूरे अन्त से आ रहा हूँ। जहाँ से थोड़ी दूर पर वह देहरी है, जिसके पीछे मेरा शीशमहल है।' उनके इस उत्तर में प्रारब्ध कुमार ज्यादा और चेतन कम था। 'आप अभी इस अधूरी सड़क पर थोड़ा और चलेंगी तो आपको वह देहरी मिलेगी और शीशमहल दिखेगा।' दरअसल चेतन के कहने पर प्रारब्ध कुमार ने अपने कहे में यह वाक्य भी जोड़ दिया था।

देर से धूप में खड़े-खड़े जैसे चेतन और रात्रि उसकी तपिश के अहसास

को थोड़ी देर के लिए भूल गये थे। उनके असमंजस और उसके शक के बादल जैसे उस तप्त दोपहर में उनकी बदली बन गये थे, जिसकी छाँव तले शक की शीतलता और असमंजस की आर्द्रता ने दोपहर की धूप की तपिश को निर्बल कर दिया था।

'आप कहाँ से आ रही हैं? और कहाँ जा रही हैं?' अपनी ही बदली में खड़े चेतन ने यह अपनी बदली में खड़ी रात्रि से अपने प्रारब्ध कुमार की इच्छा के बगैर पूछा था। अपनी-अपनी बदली में खड़े वे दोनों लू के थपेड़ों से झुलस रहे थे। उनकी बदली उन थपेड़ों की शिद्दत को कमजोर नहीं कर पाई थी। रात्रि के कन्धों पर फँसा दुपट्टा प्रारब्ध कुमार की उड़ी धूल की दिशा में ही उड़ने का प्रयत्न कर रहा था। प्रारब्ध कुमार के बाल रात्रि की दिशा में उड़ रहे थे। रात्रि के बाल उसकी छोड़ी सड़क की दिशा में ऐसे उड़ रहे थे जैसे प्रारब्ध कुमार को उस दिशा में जाने का इशारा कर रहे हों जिस दिशा से वह आ रही थी। चेतन, रात्रि के उड़ते बालों को देख कर सोच रहे थे कि अगर इस यात्रा में उसका साथ हो जाए तो उन्हें प्रारब्ध कुमार से कहकर धूल से अपनी दिशा संकेत लेने की जरूरत नहीं होगी। वे सोच रहे थे कि शीशमहल से वे अकेले ही निकले थे, बीच राह में वे स्वयं की नज़र में दो हो गये और अब अगर रात्रि उनकी सहयात्री बन जाती है तो वे तीन हो जाएँगे। चेतन रात्रि को अपनी यात्रा का दिशा प्रदर्शक और प्रारब्ध कुमार को अपना मार्गदर्शक बनाने का विचार कर रहे थे। अपने विचार में डूबे चेतन की उँगलियाँ धीमे-धीमे अपनी हथेलियों की ओर मुड़ती हुई मुट्ठी बननी शुरू हो गयी थीं। वे अपने इस विचार को अपनी मुट्ठी में ठीक वैसे क़ैद कर रहे थे जैसे पंखुड़ियों के बन्द होने से फूल में भँवरा क़ैद हो जाता है।

'आप जिस दिशा में जा रहे हैं, मैं वहीं से आ रही हूँ, और आप जिस दिशा से आ रहे हैं, मैं वहाँ जा रही हूँ' रात्रि ने उन्हें अपनी दिशाओं को इशारे से नहीं बताया था। रात्रि के न बताने से भी चेतन और प्रारब्ध कुमार, दोनों उसकी दिशाओं को समझ चुके थे। चेतन उसकी अधूरी सड़क और प्रारब्ध कुमार अपनी अधूरी सड़क को देख रहे थे। उनकी अधूरी सड़कों के सिरे उन्हीं दिशाओं में खोये लगते थे। प्रारब्ध कुमार अपने मन ही मन में यह चाह रहे थे कि चेतन, रात्रि से अपने विचार का साझा करे। वे चाह रहे थे कि चेतन, रात्रि को अपनी यात्रा में सम्मिलित होने का प्रस्ताव दें।

चेतन अपनी बन्द मुट्ठी को धीमे-धीमे खोलते हुए, अपने वर्तमान के बोध में आते हुए, रात्रि से कहने से पहले अपने उस विचार को माँझते हुए, रात्रि के समक्ष अपना विचार रखने ही वाले थे कि अचानक रात्रि बोल उठी, 'आपसे मिलकर बहुत अच्छा लगा चेतन जी। मैंने आपको बताया था कि मैं खोज में

निकली हूँ, मुझे आगे जाना होगा। आगे, जो आपके पीछे छूटा है...। और हाँ, ज्यूँ ही मुझे अपने प्रश्न को 'पूछने के प्रयास' का मन किया तो आपके कहे अनुसार आपको खोजूँगी... धूल को उड़ाकर...' रात्रि ने अपनी बदली के नीचे, जमीन पर पड़ी मुट्ठी भर धूल को अपनी हथेली पर रख लिया था।

चेतन, प्रारब्ध कुमार के साथ रात्रि की हथेली को देख रहे थे। रात्रि ने धीमे से धूल को उड़ाते हुए चेतन से कहा, 'नाईस मीटिंग यू'...।

प्रारब्ध कुमार ने देखा की धूल अभी भी पूर्वाशा में ही उड़ रही थी। उन्होंने धूल को दिशासंकेत मान कर चेतन से उसी दिशा में चलने का आग्रह कर दिया था।

रात्रि, चेतन और प्रारब्ध कुमार, सब अपनी-अपनी बदली से बाहर आकर, अपनी-अपनी दिशाओं में आगे बढ़ गये थे। चेतन के बाल धूल की दिशा में उड़ रहे थे, रात्रि के बाल चेतन की दिशा में उड़ रहे थे। चेतन, रात्रि की छोड़ी सड़क पर चल दिए थे। प्रारब्ध, चेतन और रात्रि को विपरीत दिशाओं में जाते देख रहे थे। प्रारब्ध यह भी देख रहे थे कि उनकी छोड़ी बदली को धूप अब निगल रही है।

# संज्ञा–दोष

वे वर्षों से शीशमहल में अपने ध्यान से स्वयं के नाम को भुलाए हुए अकेले रह रहे थे। नाम दूसरों के लिए होता है। जैसे उनका नाम हमारे लिए प्रारब्ध कुमार है और जो रात्रि के लिए चेतन हो गया था। आत्म-संवाद में स्वयं को अपने नाम से सम्बोधित करने की आवश्यकता नहीं होती। किसी 'अन्य' की सहूलियत के लिए उपलब्ध यह संज्ञा, सम्बोधन द्वारा आपसी परिचय में भूमिका का कारण बन जाती है। जहाँ 'अन्य' निजत्व में आ जाता है। इस भूमिका के बिना अन्यथा अपरिचितता बनी ही रहती है, 'अन्य' अपने पृथकत्व में रहा आता है। असल में तो पहले हम ही अस्तित्व में आते हैं, नामकरण तो बाद में दूसरों के द्वारा ही किया जाता है। हम सबसे पहले दूसरों के मुँह से ही अपने नाम के उच्चार, उसकी ध्वनि से परिचित होते हैं। धीमे-धीमे हमारे मानस में अपने नाम का बोध, हमारा नामधारी परिचय हम में स्थापित होने लगता है। वे, शीशमहल में इतने वर्षों से स्वयं के सुप्त नाम के साथ अपने वजूद में थे। समय के साथ यह सुप्त नाम उनकी हस्ती से, उनकी स्मृति से पूर्णतः विलुप्त हो सकता था। आख़िर, शीशमहल में उन्हें उनके नाम से पुकारने वाला कोई 'अन्य' नहीं था।

जब कोई दूसरा हमें अपने नाम से पुकारने वाला न हो तो सम्भव है कि धीमे-धीमे हम स्वयं भी पहले अपने नाम, फिर उसकी ध्वनि और अन्ततः उसकी स्मृति को ठीक उसी प्रकार से पूर्णतः खो सकते हैं जैसे कुटूम्ब्सर की गुफ़ा के रिसते जल में रहती मछलियों ने समय के साथ उसके अँधेरे में तैरते हुए अपनी आँखें खो दी हैं। जहाँ वे अब अपनी विलुप्त आँखों के बिना ही अपनी चेतना में हैं। उन्हें अब कुटूम्ब्सर की अन्धी-मछलियों के नाम से जाना जाता है। उनकी देह, बिना आँख की देह है। उनके सन्दर्भ में अन्धेपन को उस तरह से नहीं समझा जा सकता जिन अर्थों में हम अब तक उसे समझ सके हैं। अर्थ जो हमारे देखने से जुड़ा है? जो हमारी सिर्फ़ बाहर देख सकने की क्षमताओं तक सीमित है। जिसके अनुसार सूर्य की रोशनी से झिलमिलाते बाहरी दृश्य को अपनी आँखों से

न देख पाना ही अन्धापन है।

हम जानते हैं कि 'बाहर' कुछ है? हमारी आँखें हमारे बाहर और भीतर, हमारे अन्तरंग और बहिरंग के मध्य एक खिड़की के सामान हैं। खिड़की, जिसके आँगन में हमारा संसार है, जहाँ हमारा 'अन्य' बसता है और जिसके पिछवाड़े में हमारा अन्तस होता है, जिससे हमारा आत्म बनता है। हम किसी भी ओर झाँक सकते हैं। वह बात और है कि मनुष्य ने सदा ही अपनी प्राथमिकता इस खिड़की से बाहर, रोशनी के प्रमाद में झलकते संसार को देखने को ही दी है। जल के शीतल अँधेरे में तैरतीं इन मछलियों की आँखों में 'बाहर' का भेद समय के साथ मिट गया है। उनके शरीर से उनकी आँखों का विलुप्त हो जाना उनके वजूद से उनके 'बाहर' का लोप हो जाना भी है। वे अन्धी नहीं, सिर्फ़ बिना आँखों की मछली हैं। वे जिस लोक में रहती हैं, उस लोक में बाहरी प्रकाश नहीं आता। क्योंकि वहाँ कभी भी सूर्य का प्रकाश नहीं पहुँच सका, उनकी आँखें भी नहीं पनप सकीं। प्राकृतिक देन में अतिरिक्त कुछ नहीं होता। उनका जीवन प्रमाद रहित है जैसे हमारी जीवन्तता प्रमाद सहित है।

वर्षों तक किसी 'अन्य' से अपना नाम न सुन पाने के कारण धीमे-धीमे उन मछलियों की आँखों की ही तरह प्रारब्ध कुमार की स्मृति से स्वयं का नाम विलुप्त हो रहा था। प्राकृतिक देनें विलुप्त होने में अपना समय लेती हैं, लेकिन कृत्रिम स्वीकरण का लोप तो उसके साथ ही संलग्न रहता है। मनुष्य का नाम कृत्रिम है। उसे विलुप्त होने में समय नहीं लगता। इसी कारण आधुनिक मनुष्य का सबसे बड़ा सपना और उसके जीवन की नियति अन्ततोगत्वा अपने नाम को अपने बाद भी बनाए रखने का एक उपक्रम बन जाती है। अपनी प्राकृतिक स्वाभाविकताओं से बेसुध मनुष्य अपनी कृत्रिम संज्ञा को ही अपनी पहचान बनाता है, उसे मानता है और उसे मनवाने के सारे प्रयत्न करता है।

प्रारब्ध कुमार की दुविधा क्लिष्ट थी। एक तो उन्हें अपने दादा और अपने अन्य पूर्वजों के नाम नहीं पता थे और ऊपर से उन्होंने अपने अकेलेपन में, अपने आत्म-बोध से स्वयं का नाम भी लगभग निर्मूल ही कर लिया था। वे जब-तब, अपने गुमनाम पुरखों को, उनकी अज्ञात हस्तियों को, उनके सुप्त वजूद को, उनकी शुचिता को, अपनी संज्ञा मुक्त पहचान से बुहारते थे। आत्म और आत्माओं का संवाद-उन पूर्वजों के इतिहास में दर्ज, उनके अस्तित्व पर छाई कालिमाओं के प्रक्षालन का उपक्रम बन गया था।

रात्रि से मिले नाम ने उन्हें अपने अनामी पुरखों के शाश्वत आत्म से खींच कर काल के उस आँगन में ला पटका था जहाँ उनके और पुरखों के बीच, उनके वर्तमान और अतीत के मध्य, एक विभाजन रेखा खिंच गयी थी। अपने पुरखों की

शाश्वत अनुपस्थितियों के समक्ष वे एक कृत्रिम उपस्थिति बन गये थे। उनका अकेलापन अब उनका अधूरापन बन चुका था।

वे संज्ञा-दोष से पीड़ित हो चुके थे।

# उनकी कोठरी दो समयों में बँट गयी थी

कोठरी की उन अपर्याप्त खिड़कियों के नीचे एक 'ईज़ॅल' रखा रहता था। वे उसे सलीब कहते थे। शीशमहल में अपने निर्वासित जीवन से वर्षों पहले, शीशम के बलिष्ठ दरख़्तों की सूखी लकड़ी से बने इस भारी-भरकम आदमजद ईज़ॅल को उन्होंने पुराने बाजार की एक पुरानी दुकान से, ठिगने क़द के एक अधेड़ व्यापारी से ख़रीदा था।

वर्षों तक पुराने बाजार की उस दुकान में उपलब्ध इस ईज़ॅल की बनावट से आते-जाते लोग प्रभावित होते तो जरूर थे, लेकिन उसे ख़रीदता कोई नहीं था। उन लोगों के जीवन में उसका कोई महत्त्व नहीं था। उनकी नज़र में उसका न कोई औचित्य था और न ही कोई जरूरत। सम्भवतः व्यापारी की नज़र में भी उसका कोई महत्त्व और औचित्य नहीं बचा था? शायद इसीलिए वह उसे अब तक बेच नहीं सका था? उसको बेच सकना उस व्यापारी की जरूरत थी, लेकिन उसके बिक सकने की उम्मीद उसने छोड़ दी थी। व्यापार में जरूरत और उम्मीद का सम्बन्ध आसानी से नहीं टूटता।

बाजार में भटकते लोग जब व्यापारी से पूछते कि इस सलीब की क़ीमत क्या है?

व्यापारी उन्हें बताता—'वह सलीब नहीं ईज़ॅल है'।

जिन लोगों की दिलचस्पी सलीब में थी, वे ईज़ॅल नहीं ख़रीदते। व्यापारी के मन में ख़याल आता कि इसे सलीब कहकर भी बेचा जा सकता है? कभी-कभार बाजार में भटकते कुछ लोग जब व्यापारी से पूछते कि इस ईजल की कीमत क्या है?

व्यापारी उन्हें बताता—'वह ईज़ॅल नहीं सलीब है।'

जिन लोगों की दिलचस्पी ईज़ॅल में थी, वे सलीब क्यों ख़रीदेंगे?

व्यापारी इस प्रसंग में कभी भी उन लोगों की दिलचस्पी नहीं भाँप सका था। व्यापार में कभी-भी असमंजस की कोई जगह नहीं होती।

इस दुकान में उपलब्ध अनेकों क़िस्मों की सामग्रियों के बीच सिर्फ़ यह ईज़ॅल ही था जो अब तक ना बिक सकने के कारण किसी कोने में खड़ी एक ख़ामोश उपस्थिति जैसा था। दुकान में वह एक दिवंगत-सा, शेष था। इस दुकान में स्वयं उस दुकानदार के अलावा यह ईज़ॅल ही सबसे पुरानी, एक विशेष उपस्थिति थी। दुकानदार की नज़र में अब उसकी कोई क़ीमत नहीं थी। हमारी नज़र ही किसी चीज को बेशकीमती करती है और हमारी समझ उसे अनमोल। जर्रे को आफ़ताब करना, हर क़ीमत पर ख़रीददार होना ही व्यापार है। यह ईज़ॅल अब उस दुकान में उपलब्ध बिकाऊ सामान-सा नहीं बल्कि एक ऐसी सामान्य-सी टेक बन चुका था, जिस पर उस दुकान से सबसे ज्यादा बिकती टोपियों, गमछों और झोलों को लटकाया जाता था।

एक शाम पुराने बाजार की पतली गलियों में निरुद्देश्य टहलते हुए जब प्रारब्ध कुमार की निगाहें इस दुकान की देहरी पर लटकती टोपियों, गमछों और झोलों के पीछे छिपे उस ईजल पर पड़ीं, वे उसे देखकर ठिठक गये थे। वे उसके इस उपयोग से ठिठके थे या उसकी क़द-काठी की बनावट के आकर्षण से, यह कह पाना मुश्किल है।

'भैया, यह कितने का है?' ठिठकते हुए उन्होंने दुकानदार से पूछा।

'दस रुपये और सोलह रुपये। एक दाम।' दुकानदार ने उन्हें बिना देखे ही ईज़ॅल के बजाय उसकी बाँह पर टँगे गमछों और झोलों के दाम बता दिए थे।

'मैं इन गमछों और झोलों के दाम नहीं पूछ रहा हूँ आपसे। मैं तो आपसे उसके दाम पूछ रहा हूँ जिस पर वे लटके हैं। क्या वह बिकाऊ है? क्या क़ीमत है उसकी?' उसकी कीमत को पूछे जाने पर कुछ पलों के लिए व्यापारी अपनी नाउम्मीदी के घेरों में छिपे ईज़ॅल की बदक़िस्मती की लौ में खोता हुआ अचानक ही सतर्क भी हो गया था। आख़िर, बड़े दिनों के बाद किसी ग्राहक ने उसमें अपनी दिलचस्पी दिखाई थी।

'किसकी बात कर रहे हो, भाई?' व्यापारी अपनी लड़खड़ाती कुर्सी से उठकर, अपनी तसल्ली के लिए अब तक उनके पास आ खड़ा हुआ था। वह सतर्क था कि वह उसे न ईज़ॅल बोलेगा और न ही सलीब। वह इन्तजार में था कि वे उसे क्या कहेंगे?

'इसकी।' शीशम की लकड़ी से बनी उसकी एक बाँह पर अपनी एक उँगली को फिराते हुए उन्होंने कहा। 'क्या -कीमत है इसकी? क्या यह बिकाऊ है?' उनके पूछने से इसके बिकने की उम्मीद व्यापारी के मन में एक बार फिर से अपना सर उठा कर खड़ी हो गयी थी।

अपनी उधेड़बुन में व्यापारी बोला—'जी हाँ, बिकाऊ तो है यह। पर यह

आपको नज़र कैसे आया?' इस प्रश्न से वह व्यापारी अपनी सतर्कता से, इस बार ग्राहक को खोये बिना उस वक़्फ़े को पाना चाहता था, जिसमें वह अपनी ही नज़र में खो चुकी उसकी क़ीमत को गढ़ सके, उसके उधड़े औचित्य को बुन सके।

'क्या क़ीमत है इसकी? कितना पुराना है यह?' उन्होंने पूछे हुए अपने पिछले प्रश्न में एक नया, तात्कालिक प्रश्न भी संलग्न कर दिया था।

'पिछले दस साल से तो यह मेरे ही पास है। तब सर्किट हाउस के एक अँग्रेज साहब इसे मेरे पास छोड़ गये थे। उनका तबादला हो गया था कहीं। शायद, उन्हें इसे अपने साथ लेकर जा पाना सम्भव नहीं था। बहुत भारी जो है। शीशम की लकड़ी से बना है यह। बहुत मजबूत है। उन अँग्रेज साहब के पास यह कब से था, यह मैं नहीं बता सकता? वह तो वे ही जानें।'—व्यापारी ने लम्बा, अधूरा जवाब दे दिया था। उसकी क़ीमत क्या हो? यह विचार उसके मन में अभी चल रहा था। वे उसे सलीब समझ रहे हैं या ईजल, अपनी उथल-पुथल में पूरी सतर्कता से वह यह भी भाँपना चाह रहा था।

'मेरे ख़याल से यह सौ साल पुराना तो होगा। ग़ौर से देखिए, उसकी लकड़ी के रेशों को। कैसे तृप्त लगते हैं। ताजी लकड़ी में यह बानगी नहीं होती। आज के दरख़्तों में ऐसी बात कहाँ? अब यह लकड़ी, लोहे-सी हो गयी है।' व्यापारी ने कहा। उसकी शान में व्यापारी ने पहले कभी भी किसी अन्य ग्राहक के समक्ष उसके क़सीदे ऐसे नहीं पढ़े थे। वह झूठ नहीं कह रहा था लेकिन उसने आज से पहले उसके इस सच का कभी किसी अन्य ग्राहक से साझा भी नहीं किया था।

'क़ीमत क्या है इसकी?'

'यह अनमोल चीज़ है साहब। ऐसी चीजों का दाम कौन तय करे?' व्यापारी की उम्मीद खरी होती जा रही थी। उसकी उम्मीद का खरापन, व्यापार में विश्वास ला रहा था।

'फिर भी, कुछ तो दाम बताना ही होगा आपको...?' वे बोले।

'एक हजार रुपये।' व्यापारी ने थोड़ा हिचकते हुए कह दिया था। गमछों और टोपियों की दुकान में उनके द्वारा किसी अन्य चीज पर लगाई हुई यह अब तक की सबसे बड़ी क़ीमत थी। पिछले ग्राहकों के साथ कभी भी इसकी क़ीमत को बताने की नौबत ही नहीं आ सकी थी। उनके पिछले सौदे सलीब और ईज़ॅल के साम्य के मध्य, फ़िसल चुके थे।

'ठीक है।' उन्होने बिना किसी मोलभाव के उसे ख़रीद लिया था। हालाँकि उस शाम वे एक ईजॅल को ख़रीदने के इरादे से घर से बाहर नहीं निकले थे। वह दुकानदार भी उस शाम उसे बेच ही देने की उम्मीद से अपनी दुकान में नहीं बैठा

था। दोनों की नीयत ख़रीद-फ़रोख़्त की नहीं थी। बिना इरादे और बिना उम्मीद का सौदा आपस में पट गया। ब-ईमान व्यापार हो गया था।

वे उस गली में ग्राहक बनकर नहीं गये थे, लेकिन वे लौटे तो एक ख़रीददार बनकर ही। उन्होंने उसे ईजॅल जानकर ही ख़रीदा था। दुकानदार ने भी चुपचाप उसे ईजॅल मानकर ही बेच दिया था। दुकान में अब सबसे पुराना, स्वयं व्यापारी ही शेष रह गया था। वह खुश था कि उन्होंने उससे नहीं पूछा कि आख़िर वह अंग्रेज साहब करता क्या था? वह स्वयं भी नहीं जानता कि वह अँग्रेज एक चित्रकार था या एक पादरी?

वह व्यापारी आज अपने नसीब पर खुश था।

यह ख़याल तो उन्हें बाद में ही आया था कि उसकी बनावट में एक सलीब का आकर्षण भी छिपा है। एक पादरी इसका उपयोग सलीब के रूप में भी कर सकता है। उस शाम अनजाने में ही सही, वे इस ईजॅल या सलीब के रूप में मानो एक ऐसा कैलेंडर अपनी कोठरी में ले आए थे जिसकी कील उसी में बिन्धी थी। जिसके समक्ष बैठे-बैठे, वे उस पर ईसा की तरह टँगे कैनवास की देह पर, कील और सलीब के प्रतीकों का खेल खेलते थे।

एक ख़ाली दोपहर में उन्होंने सलीक़े से उस ईजॅल को अपनी कोठरी की एक दीवार से सटा दिया था। उस ख़ाली दोपहर में कैनवास के बिना ईजॅल उन्हें एक ख़ाली सलीब-सा ही दिख रहा था। वे ख़ाली सलीब से पृथक, ख़ाली ईसा की कल्पना कर रहे थे। सलीब और ईसा एक दूसरे के पूरक हैं, एक के बिना दूसरा ख़ाली-ख़ाली ही लगता है।

उस दीवार से सटाने के पहले, वे उस ईजॅल को अपनी कोठरी में हर ओर रखकर देख चुके थे। उन्होंने उस दीवार के साथ भी उसे रखने की कोशिश की थी, जिसके ऊपर वह अपर्याप्त खिड़की थी, जहाँ से उनका ध्यान खिड़की के परे हो रही अधूरी चहलक़दमियों पर चला जाता और जब वे ईजॅल पर कैनवास को रखते तो उसके नेपथ्य में वह अपर्याप्त खिड़की पूरी तरह बिला जाती। अपर्याप्त खिड़की से आती रोशनी की रेखाएँ कैनवास के पीछे छिपी उसकी चौकोर लकड़ियों की परछाइयों को सामने की ओर कुछ ऐसे दिखाती जैसे एक्स-रे में हमारी हड्डियाँ दीखती हैं। ईजॅल पर सवार कैनवास की पीठ से पैठती अपर्याप्त खिड़की की रोशन रेखाओं से होती इस मुश्किल के अलावा उन्हें यह डर भी था कि कहीं वहीं से ही अपर्याप्त-ईसा भी उनके कैनवास में न समा जाएँ? आख़िर इतिहास में ईश्वर की 'बेक डोर एंट्री' के कई उदहारण हैं।

वे जब कभी इस आदमक़द ईजल के समक्ष बैठते, वह उन्हें अपने से बहुत बड़ा लगता था। जब अनुपात में अन्तर बिगड़ जाए तो उसके कई अर्थ हो सकते

हैं। उस ख़ाली दोपहर में इस ईज़ॅल के समक्ष, उन्हें उससे अपने बाहरी क़द के अन्तरों से उपजा अपना बौनापन ही नहीं खल रहा था, बल्कि उन्हें अपना भीतरी विन्यास का खुलापन भी बहुत घुटा-सा लग रहा था। ईजल के समक्ष उन्हें लगता कि जैसे वे किसी मिथक के समक्ष बैठे हों? जैसे वे काल और ईसा के मिथकों के समक्ष, अपने यथार्थ के दो स्तरों पर बैठे थे। ईजल के आने से उनकी कोठरी दो समयों में बँट गयी थी। वे काल के झाँसे में भटकते हुए सोचते कि आख़िर वे किस समय में है? ईसा के या विक्रम के? वे ईसवी में हैं या संवत् में? पुरातन प्रमाण अगर एक हो, तो ही तर्कसंगत होता है। ईज़ॅल के समक्ष, अपने कैनवास की ओट में, वे अपनी सांस्कृतिक अस्मिता को बचाने की कोशिश करते थे।

वे अपनी कोठरी में मिथकों के समक्ष, उनके समकक्ष हो रहे थे।

# जिनके संकेत निरापद और जिनकी पैठ सुगम होती है

एक विचारशील चित्रकार होने के नाते उनकी यह चिन्ता वाजिब थी।

वे जैसे चित्र बनाते थे उन्हें मतान्धताओं से परे, सहजता से देख सकने के लिए वे समाज से उनके पूर्वग्रहमुक्त, निर्बाध अवलोकन की उम्मीद रखते थे।

उनकी प्रमुख चिन्ता थी कि अगर उनकी अपेक्षानुसार इस प्रकार से देख सकने का वह विवेक और उदारता, उस समाज में ना हो...तो? अगर उसकी देखने की न्यूनता में चित्रों की साकारता और उसकी सकारथता, संकीर्णता के दायरे में हुई...तो?

इस चिन्ता के कारण ही उन्होंने अनेक वर्षों से अपने चित्र कहीं भी प्रदर्शित नहीं किए थे।

उनके चित्रों के अर्थ-प्रकाश को, उनके मर्म और उनकी सार्थकता को वैसे नहीं बूझा जा सकता था जैसे कि अन्य प्रकार के अभिधात्मक चित्रों में निहित, उनके सारांश को देखकर उनके सन्देशों तक पहुँचा जा सकता है। उनके चित्रों की चिन्ता के सन्दर्भ में, उनकी अर्थवत्ता का यह प्रश्न प्रासंगिक तो था ही लेकिन अपने अन्य अभिप्रायों से दरअसल वह बहुत बड़ा प्रश्न भी था।

उनके चित्रों में हमारी जानी-पहचानी, वैसी ज्ञात आकृतियाँ नहीं होती थीं जो हमारे रोपित अर्थों से, हमारे पूर्वज्ञान से ही अपना औचित्य पाती हों? जिनको देखकर ठीक-ठीक अनुमान लगाया जा सकता हो या यह बूझा जा सकता हो कि आख़िर उनमें है क्या? अपनी विषयात्मकता के कारण एक दर्शक को अपनी स्मृति में जाने का जैसा मौक़ा किसी फ़ोटो को देखकर मिल जाता है, वैसी सम्भावना उनके चित्रों में नहीं थी। उनके चित्रों के बिम्ब किसी गूढ़-युक्ति के समान थे। वे बिम्ब, जिनमें किसी दूसरे तक पहुँच सकने की बुनियाद छिपी होती है। जिनके संकेत निरापद और जिनकी पैठ सुगम होती है। जो हमारे आधारभूत अनुभवों से निर्मित होते हैं। जिनकी पहचान में, आन्तरिकता में, मौलिकता अनिवार्यतः होती ही है।

उनकी चिन्ता का आधार समाज में इस मौलिकता को समझ सकने के लिए उपयुक्त विवेक का विलुप्त हो जाना था। वे कहते थे कि हम अपनी खंडित स्मृतियों के समय में रह रहे हैं। यह एक ऐसी सूक्ष्म अराजकता का समय है जहाँ हमारे अस्तित्व की टेक बनी हमारी ऐन्द्रिक सत्ता का एक पक्ष सुप्त होते-होते अब लगभग अपने विलोप में है।

यह उस सत्ता का वही पक्ष है जिसके होने से हम अपने दृश्य व उसके विस्तार को देख पाते हैं।

वह विस्तार, जिससे हमें 'दिक्' के आयामों का सहज बोध होता है।

अर्थात् इस ऐन्द्रिक पक्ष के लोप में उससे सम्बद्ध उन स्मृतियों और उस दिक् -बोध का विलुप्त होना भी है। जिसका अर्थ है, हमारे व्यक्तित्व का क्षरण।

मनुष्य का व्यक्तित्व अपने इतिहास के परिदृश्यों से तो सुसज्जित है, लेकिन जिस स्मृति की सहायता से वह अपने उन परिदृश्यों को उनके इतिहास से मुक्ति दिलाता है, आज वह अपनी उसी स्मृति को खो बैठा है।

उन्होंने तय किया था कि वे दूसरा रास्ता अपनाएँगे। वे अनुकरण नहीं, स्मरण करेंगे। वे पहले चित्र बनाएँगे, फिर उन चित्रों के बिम्ब, उनकी छटाएँ और उनके रूपों के मूल को प्रकृति में खोजेंगे। उन्हें भरोसा था कि जो कुछ भी उनके चित्रों में प्रगट होता है, वह कहीं न कहीं प्रकृति में भी विद्यमान है। वे, अपने चित्रों के साक्षात् से, प्रकृति का साक्षात्कार करना चाहते थे। वे प्रकृति में उन बिम्बों को खोजते, उनकी तलाश करते और उन्हें पाने पर उनकी पड़ताल करते थे। ऐन इसी बिन्दु पर आकर उनकी चिन्ता, अपने चिन्तन में तब्दील हो जाती थी। एक तरह से वे अपने स्वभाव की जड़ें खोज रहे थे। जड़ें, जो बिम्ब के रूप में उनके चित्रों से प्रकट तो हो रही थीं लेकिन उन जड़ों का वितान किस दिशा और धरातल में है वे उसका जायजा लेना चाहते थे। उनकी रुचि अपने अस्तित्व की थाह लेने में थी। अर्ध-चेतन में बनते उनके चित्र, चेतना के किस धरातल पर मूर्च्छित होते हैं वे यह जानना चाहते थे। उनके चित्र उनकी खोज के कारण बन गये थे। वे आत्म-प्रवर्तक हो गये थे। अनजाने में ही जैसे वे किसी 'एन्थोलॉजिस्ट' से एक 'एन्थ्रोपोलॉजिस्ट' हो गये थे। स्मृत की जड़ों को वर्तमान में खोजना उनके चित्रों के सहारे उनका प्रमुख उपक्रम बन गया था।

वे जानते थे कि हमारे अस्तित्व का वितान हमारी जैविक लक्षणाओं तक, हमारे डी.एन.ए. तक ही सीमित नहीं है। डी.एन.ए., जिनके सहारे हम अपने अस्तित्व की भौतिक जड़ों को पा सकते हैं। उनकी तलाश तो अपने अस्तित्व के उन सूक्ष्म रेशों को पाने की थी जिनका एक सिरा वर्तमान में बनते उनके चित्रों के रंगों में डूबा था तो उन्हीं रेशों का दूसरा सिरा प्रकृति में छिपे रूप-बिम्बों में। यह

उनकी कल्पना में, कल्प में से विकल्प को खोजने जैसा ही था।

यह निश्चित है कि जब तक यह बोध न हो कि हमारे अस्तित्व की जड़ें प्रकृति में ही लिप्त है तब तक हमारे जीने का अर्थ एक तरह की निरर्थकता से घिरा रहता है। बिना इस बोध के जीते हुए समय के ही एक अर्थ में वह हमारा ही अविकसित समय भी होता है। वह समय—जिसमें हम हैं, जिसमें हमारा अस्तित्व है। वह अविकसित समय जो इतिहास-समय नहीं, बोध-समय है। अगर किसी को कभी जीवन की निरर्थकता का बोध होता होगा, तो दरअसल उसे अपने इसी समय की निरीहता का ही बोध होता होगा? क्या एक चिन्तनशील मानस अपने इसी निरीह, दुर्बल समय को विकसित करने का प्रयास नहीं करता होगा?

इस सन्दर्भ में 'विकास' को उन बाहरी अर्थों में लेना ठीक नहीं होगा क्योंकि यहाँ मसला भीतरी विकास का है। यह बात अलग है कि कोई भी विकास बिना समवेत अवदानों के सम्भव नहीं। अगर हम अपने इस अविकसित समय का अर्थ समझ सकें तो हम तत्काल ही उस समय की अपर्याप्तता को पूर्ण करने के उपक्रम में जुट जाते हैं। उस मार्ग को खोजने की कोशिश करते हैं जो हमें इस पूर्णता की ओर ले जाता हो।

क्या पूर्णता को खोजने का यह उपक्रम ही उस स्वभाव की खोज नहीं है?

जो स्वाभाविक है, वही स्वभाव है।

अपने स्वभाव के पूर्ण-प्रगटन की सम्भावनाओं को खोजना, उसके रूप-मार्ग को तलाशना, उसके रंगाँगन में विचरना ही चित्रकला है।

एक विचारशील चित्रकार होने के नाते उनका चिन्तन वाजिब था।

# प्रमाणों की पंक्ति

अपनी अन्यमनस्कता में बेबस, वे सड़क पर चले जा रहे थे।

...अनवरत।

वे उस सड़क पर जितना चल रहे थे वह उनके पीछे उनसे उतनी ही छूटती जा रही थी।

उनके चलने और उनसे छूटने का क्रम उनके क़दमों में बराबर हो गया था। वह सड़क पीछे जितनी छूटती जा रही थी, उन्हें अपने सामने दीखता सड़क का अन्तिम सिरा उतना ही आगे बढ़ता जा रहा था कि जैसे वे अकेले नहीं चल रहे थे, उनके साथ-साथ सड़क का दीखता वह अन्तिम छोर भी उनके ही साथ आगे-आगे चल रहा था।

इस यात्रा में उनसे छूटने और उनके अग्रसर होने के बीच की सीमा, अपने सम पर आ गयी थी। जहाँ घटत और बढ़त एक दूसरे के समान्तर हो गये थे।

उनका चलना और देखना समान गति से हो रहा था।

इस अनवरतता में जब भी कभी-कभार वे अपने देखने को रोक लेते थे उन्हें लगता कि जैसे उनके क़दम भी रुक गये हैं। इस प्रकार कभी-कभी वे अपने दृष्टि-विराम के सहारे पग-विराम भी कर लेते थे।

उसी प्रकार कभी-कभी वे रुक कर बीच सड़क पर स्थिर, खड़े हो जाते थे कि जैसे वे पग-विराम कर रहे हों। लेकिन वे अपनी दृष्टि को नहीं रोक पाते थे। उनकी नज़र में यात्रा चल रही होती थी।

आगे दीखती और पीछे छूटती सड़क पर एक क्षण के लिए कभी-कभी उन्हें यह भी लगता था कि जैसे वे वहीं के वहीं खड़े हैं। उस सड़क पर चलते हुए, उन्हें अपने चलने का अहसास सड़क के इर्द-गिर्द, धीमे-धीमे बदलते दृश्यों से ही हो पाता था।

वे सोचते कि अगर इस सड़क के अगल-बगल के दृश्य, उनमें पेड़-पौधे और उनके पीछे दिखती एक छोटी-सी यह वीरान पहाड़ी न होती तो इस विरल

जमीन पर यह सड़क अकेली ही रही आती। ऐसे में शायद इस यात्रा में चलने का अहसास उस ट्रेड-मिल पर चलने-सा होता जो घर के किसी कोने में रखी रहती है। जिस पर चलना जैसे सिर्फ़ गति को रखना है, जिसकी यात्रा में कोई प्रगति नहीं होती।

पीछे-पीछे, सड़क पर इस यात्रा के सूचक बनते उनके क़दमों के निशान स्थापित हो रहे थे। उनके जूतों की गहरी छापों का साँचा, सड़क के पिघले डामर में पहले बनता, फिर जमता जा रहा था। इन साँचों में बहती गर्म हवाओं से उड़ती धूल और झरते सूखे फूल भरते जा रहे थे। उनके पैरों की नसों में भरी थकान, उन साँचों में भरी धूल और उनमें बिंधे फूल उस सड़क पर उनके द्वारा रखे गये एक-एक क़दम का संयुक्त प्रमाण हो चुके थे। उनके पीछे प्रमाणों की एक लम्बी पंक्ति बन चुकी थी। उनके पैर सूज चुके थे। उनके प्रमाण, यात्रा में तय की जा चुकी दूरी का माप बन चुके थे। वे अपनी नज़र में प्रामाणिक हो रहे थे। जब उन्होंने पलट कर शीशमहल से अपनी दूरी को इन प्रमाणों से देखा होगा तो उन्होंने खुद से कहा होगा कि 'प्रमाण जितने दूर से आएँ बात में उतना ही वजन होगा।'

वे सोच रहे थे कि चलते हुए सिर्फ़ पैरों की थकान को यात्रा का प्रमाण नहीं माना जा सकता। पैरों की हरकत मात्र ही अपने आप में चलने का सबूत नहीं हो सकती। कई बार ऐसा भी तो होता है कि हम चलने का स्वप्न देखते हैं और उससे उबरने पर पैरों में वैसी ही थकान का अहसास भी होता है लेकिन असल में तो हम चले ही नहीं?

# छापों के अन्तर और यात्रा के अन्तराल में

रात्रि और प्रारब्ध कुमार, दोनों ने अपनी-अपनी दिशा पकड़ ली थी। दोनों ने अपनी-अपनी दिशा में एक-दूसरे की छोड़ी सड़क पर चलना शुरू कर दिया था।

उनके बीच चेतन भी अपने क़दमों से प्रारब्ध कुमार की दिशा में और अपनी नज़रों से रात्रि की दिशा में उसके पीछे-पीछे चल दिए थे। चेतन आहिस्ता-आहिस्ता, प्रारब्ध कुमार के पीछे छूटी उनके प्रमाणों की गहरी छापों में अपनी नज़रों के क़दमों को जमाते हुए रात्रि के पीछे चल रहे थे।

प्रारब्ध कुमार के पीछे बनती उनके प्रमाणों की पंक्ति रात्रि की दिशा से तो जाने की पंक्ति थी लेकिन उनकी अपनी दिशा से, जिसमें चेतन स्वयं भी थे वह सिर्फ़ उन तक आने की पंक्ति ही लगती थी।

चेतन, आने की इस पंक्ति से रात्रि की ओर जाने का प्रयत्न कर रहे थे। चेतन सोच रहे थे कि किसी यात्रा से उसके प्रमाणों को मिटा दिया जाए तो उसमें से किसी के आने और जाने का भेद ख़त्म हो सकता है।

रात्रि और चेतन की नज़र में अभी-अभी हुए आपसी परिचय से पहले तक यह सड़क किसी के भी द्वारा एक छोड़ी हुई सड़क नहीं थी। किसी अपरिचित का कुछ छोड़ा हुआ कोई मायना नहीं रखता। परित्यक्त के आभास के लिए किसी दूसरे का होना आवश्यक होता है। और वह दूसरा एक परिचित ही हो यह अति-आवश्यक हो जाता है।

जब तक रात्रि और प्रारब्ध कुमार आपस में नहीं मिले थे तब तक यह सड़क उन दोनों की ही नज़र में एक ऐसी डगर थी जैसे उस पर वे ही पहली बार चल रहे हों। एक ऐसी राह जिस पर अभी तक कोई और न चला हो। जिस पर आप स्वयं ही प्रथम और अन्तिम हों।

वे दोनों अपनी नज़र में तो पथ-प्रदर्शक नहीं थे लेकिन एक-दूसरे की विपरीत दिशाओं में चलते हुए दोनों ही एक-दूसरे के मार्गदर्शक हो चुके थे।

प्रारब्ध कुमार, रात्रि के क़दमों के छापों पर चल रहे थे जो उस राह पर रात्रि के आने के निशान थे। रात्रि, प्रारब्ध कुमार के क़दमों की छापों पर चल रही थी जो उस राह पर प्रारब्ध कुमार के जाने के निशान थे। सड़क के धधकते-पिघलते डामर ने उनकी छापों के अन्तर और उनकी यात्रा के अन्तराल को अपने सीने पर ढाल लिया था।

इस सड़क का वह स्थल जहाँ पर कुछ देर पूर्व रात्रि और प्रारब्ध कुमार बात कर रहे थे, जहाँ वे अपने आपसी अपरिचय को घोल कर उपजे परिचय में एक दूसरे से मिले थे। आसमान में ऊपर उड़ते परिन्दों को वह जरूर ही कोई विशिष्ट सन्धि स्थल-सा लग रहा होगा। उन्हें आधी सड़क के डामर पर आते क़दमों के निशान और बाकी सड़क के डामर पर जाते क़दमों के निशान साफ़-साफ़ दीख रहे होंगे। आसमान से वे परिन्दे आस-पास का देख सकते होंगे। उन परिन्दों को रात्रि और प्रारब्ध कुमार प्रमाणों से बनी लकीर के छोरों पर विपरीत दिशाओं में चलते कोई नायक-नायिका से लग रहे होंगे। जैसे एक तरफ़ से आते क़दमों के निशान अन्त में रात्रि बन गये हों और दूसरी तरफ़ से आते क़दमों के निशान अपने अन्त में प्रारब्ध कुमार बन गये हों। परिन्दों को हमेशा अपने आसमान से सबकुछ अपने आस-पास ही आता-सा दीखता होगा? परिन्दे सोचते होंगे कि एक मनुष्य के बनने में आख़िर कितने निशानों की जरूरत होती होगी? एक स्त्री कितने क़दमों की संयुक्त रूपक है और एक पुरुष कितने क़दमों का?

रात्रि, प्रारब्ध कुमार के जूतों के छापों को ग़ौर से देख रही थी। उनके जूतों की छापें, गरम सड़क की सतह पर, किसी क़तार में सजी छोटी-छोटी क्यारियों-सी लग रही थीं। सड़क की सतह से निकलते गर्म भभकों के प्रभाव से वे क्यारियाँ हवा में तैरती-सी दिखाई दे रही थीं।

रात्रि, बिना कुछ सोचे हुए अपने क़दम उनके निशानों पर, उन क्यारियों में रखती हुई चली जा रही थी। उसने सोचा होगा कि शायद प्रारब्ध कुमार के निशानों की गर्मी, सड़क की गर्मी से भिन्न हो और वे निशान उसकी गर्मी से खिन्न हों। यह सोच उनके परिचय का परिणाम थी। परिचय से, प्रारब्ध कुमार की क्यारियों से रात्रि के मन में उम्मीद की नमी जाग चुकी थी। ऊपर उड़ते परिन्दों को इस दृश्य ने भी हैरत में ही डाल दिया होगा कि रात्रि के पदाघातों से प्रमाणों की इस पंक्ति का भेद झर गया था।

# समावेश हो चुका था, समाहार होना था

रात्रि इस सत्य से अनभिज्ञ थी कि उसके ही निमित्त से चेतन का वजूद अस्तित्व में आ चुका है। उसने तो प्रारब्ध कुमार के ही आग्रह पर यह क़यास लगाया था कि उनका नाम चेतन हो सकता है। प्रारब्ध कुमार को देखते हुए, उनके हालत को समझते हुए, उनके प्रस्ताव को स्वीकृत करते हुए, रात्रि ने किस दृष्टिकोण से उनका यह नाम सोचा होगा और अपनी स्मृतियों में से किस आधार पर यही नाम उसने प्रारब्ध पर चस्पाँ किया होगा, उसके अन्देशे के पीछे उसका जो भी विचार रहा होगा उसे बयाँ कर पाना मुश्किल है? वह तो स्वयं ही इस हैरत और इस संयोग से घोर विस्मय में थी कि आख़िर यह सम्भव हुआ कैसे? यह तो रात्रि को पता ही नहीं था कि उस क्षण वह प्रारब्ध कुमार को जो भी संज्ञा देती वह उन्हें मान्य ही होती। वह तो प्रारब्ध कुमार और उनकी मनोदशा, दोनों ही से अपरिचित थी। जैसे भी हो और जो भी हो, निष्कर्षत: उस दोपहर में रात्रि के बदौलत किसी का नामकरण तो हो ही गया था।

उस दोपहर को हुई नाम-दान की प्रक्रिया, आपसी परिचय और अपने 'पूछने के प्रयास' को सँभाले हुए रात्रि उस सड़क पर अपनी तय दिशा में चल दी थी। अपने नये नाम, वर्षों बाद किसी से हुए संवाद से उपजा अपनी भाषा की अनवरतता का बोध और रात्रि से दुबारा कभी फिर मिल सकने की उम्मीद के साथ, अपनी धुन की अदम्य-गाथा में प्रारब्ध कुमार भी अपनी दिशा में चल दिए थे। अन्त:स्थित चेतन, प्रारब्ध कुमार में निहित होते हुए भी अपने अन्य, पृथक विचार-मार्ग पर चल पड़े थे। प्रारब्ध कुमार में चेतन का समावेश तो हो चुका था लेकिन उसका समाहार होना अभी बाक़ी था।

प्रारब्ध कुमार तो अपनी देह और अपने विचारों के साथ गतिशील थे लेकिन चेतन, प्रारब्ध कुमार की देह में स्वयं के विचार-वेग के साथ थे। चेतन का वजूद प्रारब्ध कुमार की वर्तिता पर किसी ग्रहण के समान ही था। रात्रि की नज़र में वे चेतन थे लेकिन स्वयं और चेतन की नज़र में तो वे प्रारब्ध कुमार ही थे।

चेतन और प्रारब्ध कुमार का आत्म-संवाद, उनका सूक्ष्म-संघर्ष शुरू हो चुका था। प्रारब्ध कुमार को अपने नये नाम से, किसी ग़ैर की अनुपस्थिति में अपना आत्मिक 'अन्य' मिल चुका था।

प्रारब्ध कुमार तो रात्रि से विदा लेकर अपनी दिशा में चल दिए थे लेकिन चेतन का ध्यान रात्रि पर ही टिका था। उस सड़क पर एक दूसरे की विपरीत दिशाओं में चलते हुए रात्रि और प्रारब्ध कुमार के बीच परस्पर बढ़ती दूरी चेतन की अपने ध्यान में विचरने का भूगोल बनती जा रही थी। सड़क, जिस पर चेतन अपनी आसक्ति में, प्रारब्ध कुमार अपनी विरक्ति में और रात्रि अपनी अन्वीक्षा में भटक रहे थे। रात्रि और प्रारब्ध कुमार के इस अन्तराल में, अपनी आसक्ति से चेतन की नज़र में इस फ़ासले का कारण प्रारब्ध कुमार और उनके अन्तराल के अंचल में, अपने ध्यान में विचरने का कारण रात्रि थी।

उस तपती दोपहर में रात्रि अपनी गति से, अपनी दशा में प्रारब्ध कुमार के पीछे छूटती सड़क पर शीशमहल की दिशा में चली जा रही थी। प्रारब्ध कुमार उस तपती दोपहर से निढाल होते, खुद में चेतन को ढोते हुए चले जा रहे थे। प्रारब्ध कुमार चलते हुए सड़क पर अपनी नज़रों से रात्रि के क़दमों की छापों को ढूँढ़ रहे थे। वे हैरत में थे कि रात्रि के निशाँ कहीं भी नज़र नहीं आ रहे थे। उनके सामने सड़क अभी भी बिलकुल वैसे ही वीरान और नीरस थी जैसी वह इस यात्रा की शुरुआत में थी। जैसे उस सड़क से कभी कोई निकला ही नहीं था। अपनी दिशा में, सड़क की पूर्वाशा में चलते हुए उस पर कोई भी ऐसा निशाँ या कोई भी ऐसा सबूत नज़र नहीं आ रहा था जिसके आधार पर वे इस निष्कर्ष पर आ सकें कि इस सड़क से अभी कोई स्त्री गुजरी थी....

'क्या तुम भी वही सोच रहे हो?' प्रारब्ध कुमार ने मन ही मन में चेतन से यह सवाल पूछ लिया था।

प्रारब्ध के पीछे की दिशा में अदृश्य हो चुकी रात्रि से अपना ध्यान हटाते हुए चेतन ने कहा, 'नहीं'।

'तो तुम सोच क्या रहे हो?' प्रारब्ध कुमार ने अपने कहने और पूछने की ध्वनियों को और उनके ढंगों को मिलाकर चेतन के सामने एक प्रश्न के रूप में रख दिया था।

'मैं रात्रि के पैरों के निशानों के सहारे, उस तक टहल रहा हूँ। तुम्हारे चलने से वैसे तो मैं उससे दूर हो रहा हूँ, लेकिन तुम जितना चल रहे हो मुझे उस तक पहुँचने का उतना ही मार्ग भी मिल रहा है और वह अवकाश भी मिल रहा है जिससे वह कभी गुजरी होगी... इसलिए तुम रुकना नहीं, चलते रहना...' चेतन ने यह प्रारब्ध कुमार से इतने धीमे से कहाँ था कि जैसे खुद से ही कहा हो।

चेतन की बात को सुनकर प्रारब्ध कुमार के क़दम थम गये थे। उन्होंने हैरत से चेतन से पूछा, 'लेकिन तुम तो अभी कह रहे थे कि तुम वह नहीं सोच रहे हो जो मैं सोच रहा हूँ?'

'मैं अभी भी वही कह रहा हूँ' चेतन ने कहा...

'मैं भी रात्रि के बारे में ही सोच रहा था। मैं सोच रहा था कि हम उसी दिशा में तो जा रहे हैं जिस दिशा से वह हमें आती मिली थी, लेकिन इतनी दूर चलने के बाद भी इस दिशा में मुझे अभी तक एक भी ऐसा संकेत या निशान नज़र नहीं आया जिसके आधार पर यह कहा जा सके कि वह अभी थोड़ी देर पहले ही वहाँ से निकली होगी? मैं बहुत देर और बहुत दूर से इस सड़क पर उसके चलने के निशान, यहाँ से उसके गुजरने की निशानी खोज रहा हूँ, जो मुझे तो अब तक एक भी नहीं दिखी... और तुम कह रहे हो कि तुम उन निशानों के सहारे उस तक टहल रहे हो?' प्रारब्ध ने आश्चर्य से साथ यह वाक्य कहा था।

चेतन ने कहा, ''बात में अन्तर है क्योंकि हमारे देखने में भी अन्तर है। तुम्हें तो रात्रि आती हुई भी नहीं दिखी थी इसलिए तुम्हें उसके आने के निशान भी नहीं दिख रहे हैं...मुझे रात्रि जाती हुई दिखी थी और मुझे यहाँ से उसके गुजरने के निशाँ साफ़-साफ़ दिख रहे हैं... अगर तुमने उसे जाते हुए देखा होता, तो उसके आने के निशाँ भी दिख जाते।'

'तुम ठीक ही कह रहे हो...दरअसल ना तो मैंने उसे आते हुए ही देखा और न ही उसे जाते हुए।' प्रारब्ध कुमार ने कहा।

'अनभिज्ञता का कोई निशान नहीं होता, प्रारब्ध जी। मैं तो अपने अस्तित्व में ही उसके आने के बाद आया हूँ। जब तुमने उसे अनदेखा किया था, उसी क्षण मेरी नींव पड़ गयी थी। मैं तुम्हारी अनदेखी का ही परिणाम हूँ।' चेतन ने थोड़ा तंज कसते हुए, मुस्कुराते हुए कहा।

प्रारब्ध कुमार को चेतन का तंज और तर्क दोनों ठीक ही लग रहे थे फिर भी यह रहस्य तो उनके मन में घर कर ही गया था कि इस सड़क से रात्रि के गुजरने का कोई भी संकेत आख़िर उन्हें दिख क्यों नहीं रहा? चेतन अपनी नज़र और अपने मन के साथ-साथ प्रारब्ध कुमार की नज़र और मन में भी, उनके प्रारब्ध पर हँस रहा था कि किस प्रकार वे सूक्ष्म की खोज सतह पर कर रहे थे।

चेतन की असहनीय हँसी के समक्ष प्रारब्ध कुमार का तर्क था 'मैं प्रभावहीन होना चाहता हूँ। हम पर इतने बाहरी प्रभावों की छाया होती है कि अकसर उनके कारण हमारा मूल नीचे दबा रह जाता है। प्रभावों से मुक्ति के लिए प्रभावों का स्वीकरण जरूरी है। और उनके स्वीकरण के लिए उन्हें पहचानना जरूरी है। बिना इस वेधन के अपने आत्म तक पहुँचा नहीं जा सकता। हममें जो-जो वेध्य है, वह

प्रभाव है, और जो अवेध्य शेष है, वही आत्म है। इस अर्थ में प्रभावहीन होना, प्रभावशील होना भी है।'

प्रारब्ध के इस तर्क पर अपनी हँसी को यथावत बनाए रखते हुए चेतन ने कहा, 'थोड़ा साफ़-साफ़ कहो कि आख़िर आप कहना क्या चाहते हैं?'

'दरअसल मुझ पर अगर रात्रि का प्रभाव न पड़ता तो शायद तुम्हारा जन्म ही नहीं होता। यह रात्रि का प्रभाव ही तो था जिसके स्वीकरण में मैं अनमना ही सही लेकिन अपनी स्थगित शक्तियों को निर्बाध करते हुए रात्रि को सुनने का प्रयत्न कर रहा था और मेरे उसी स्वीकरण में तुम्हारा मूल छिपा था। रात्रि के हाथों तुम्हारी स्थापना दरअसल मेरे 'वेध्य' की स्थापना है।' प्रारब्ध कुमार ने चेतन से कहा।

'मैं तो कह ही रहा हूँ कि मैं तुम्हारी अनदेखी का ही परिणाम हूँ। और अगर तुम सोच रहे हो कि मेरी स्थापना के पश्चात् तुम शेष अवेध्य हो तो वह भी मेरे होने से ही परिणीत हुआ है।' चेतन की मुस्कुराहट प्रारब्ध कुमार की नज़र में अभी भी बरक़रार थी। चेतन के तर्क ने प्रारब्ध कुमार की हस्ती को ही प्रश्न के दायरे में लाकर खड़ा कर दिया था।

प्रारब्ध कुमार यह भी चाहते थे कि चेतन चुप हो जाए और यह भी कि वह सड़क पर सिर्फ़ उसे दिखते रात्रि के उन निशानों को उन्हें भी दिखाए। चेतन की इच्छा थी कि प्रारब्ध अपनी दिशा बदल कर उस सड़क से वापिस उस ओर चलें जहाँ रात्रि जा चुकी थी।

'क्या आप रात्रि के पैरों के निशान देखना चाहते हैं?' चेतन ने प्रारब्ध कुमार से पूछा।

'हाँ' प्रारब्ध कुमार ने बिना किसी विलम्ब के अपनी सहमति जता दी थी।

'उसके लिए तो आपको अब यहाँ से वापिस चलना होगा...जैसे कि मैंने आपको पहले ही बता दिया है कि आपने रात्रि को आते हुए नहीं देखा था इसलिए आपको इस सड़क पर आपकी ओर आते हुए उसके निशाँ नहीं दिखेंगे।' चेतन की आँखें अपने सुझाव और काबिलियत से चमक गयी थीं।

'मैंने शीशमहल से निकलते वक़्त तय किया था कि मैं अपनी दिशाओं का निर्देश धूल से लूँगा...तुमसे नहीं' प्रारब्ध ने चेतन से कहा।

'तो वही कर लो...हो सकता है कि शायद धूल का भी वही निर्देश तब तक ही हो जब तक वह धूल है, न कि कीचड़।'...यह चेतन ने ऊपर आसमान की ओर देखते हुए प्रारब्ध से कहा था। उस गर्म दोपहर की तीक्ष्णता अब पसीजने को तत्पर थी। आसमान की रूइयों का वर्ण धीमे-धीमे साँवला होते-होते रात्रि जैसा ही हो गया था।

प्रारब्ध कुमार ने चेतन के सुझाव और सड़क के हाशिये से मुट्ठीभर धूल उठा ली थी। वे सड़क पर छूटी रह आई सड़क से वापिस लौटना चाह रहे थे। बरसती धूप पर बदली छा गयी थी। धूप की बारिश ने बरसना बन्द कर दिया था। बारिश, धूप की जगह से बरसने वाली थी। उनकी मुट्ठी में बिन्धी धूल कीचड़ हो सकती थी। इसके पहले कि वह कीचड़ बनकर बह और बहक जाए, उन्होंने अपनी दिशा की टोह और अपने प्रारब्ध की ख़ातिर धूल को बहती हवा में उड़ा दिया था। धूल इस बार उस देहरी की पूर्वाशा के बजाय उनकी आशाओं की देहरी की ओर उड़ गयी थी।

हवाओं का रुख़ बदल चुका था। उन्होंने भी अपना रुख़ बदल लिया था।

वे लौट रहे थे। बारिश उनके आगे-आगे और रात्रि के पीछे-पीछे, जैसे उन्हीं के क़दमों के निशानों पर चल रही थी। उनकी मुट्ठियाँ पसीज रही थीं। चेतन को ऐसा महसूस हो रहा था कि प्रारब्ध कुमार जैसे पानी को पकड़ कर पानी का पीछा कर रहे हों? सड़क, बारिश से ठंडी हो गयी थी—तप्त, तृप्त हो चुकी थी। वे ठंडी सड़क पर चुपचाप चल रहे थे। चेतन उन्हें चुपचाप चलता देखकर चुप था। सड़क पर छपे उनके जूतों के छापों में उनके लगाए वृक्षों के झरे फूलों और फलों के बीज पक चुके थे। उनके जूतों के छाप सड़क पर पूर्वाशा के संकेत हो गये थे। उनके संकेतों में जीवन पनप चुका था।

प्रकृति अपने ख़ाली-ख़ाली खुले-खुले से खुल कर भरी-भरी, बँधी-बँधी हो गयी थी।

# संसर्ग में आते ही

प्रारब्ध कुमार की यात्रा की दिशा धूल के संकेत से अब बदल चुकी थी। चेतन खुश थे। वे प्रारब्ध कुमार की देह में बसे-बसे उसकी गति से और अपनी नज़र में प्रारब्ध कुमार के मन गति से भी तेज चलने का प्रयत्न कर रहे थे। वे रात्रि के पास प्रारब्ध कुमार से पहले पहुँचना चाहते थे। वे अपने मन में तो रात्रि के ख़यालों में डूबे हुए उसके पास पहुँच भी चुके थे। जहाँ रात्रि उनसे कह रही थी, 'चेतन जी, मुझे लगता है कि हम जिन सपनों को लेकर अपनी यात्रा शुरू करते हैं हम उन्हीं सपनों के मूल को अपनी यात्रा के मध्य कहीं भूल भी जाते हैं। यात्रा की थकान में उन सपनों की तासीर महीन हो जाती है?'

चेतन बोले—'नहीं! ऐसा नहीं है। या तो आप उन सपनों से सन्तुष्ट हैं या उन सपनों को पाने के उद्देश्य में आपके सपनों की जड़ें छुपी हैं। हाँ, यह बात अलग है कि सपनों को सिर्फ़ उनकी सतह से देखा जाए और उनकी उस सतह को पा लिया जाए और मान लिया जाए कि हमने उन सपनों को पा लिया है। दरअसल सपने हमारी किसी ऐसी तह से सम्बद्ध होते हैं कि हम मान सकते हैं कि उन सपनों की भी एक जड़ होती है, उनका भी एक कारण होता है। और उन कारणों को समझ पाने की चेष्टा रखनी चाहिए। उन्हें जीत सकने की कोशिश करनी चाहिए और उस कोशिश में हम उनके खिलते फूलों को पहले पाएँगे, फिर उसके फलों और पत्तियों को और फिर उसके तने को और अन्ततः उसकी जड़ों को पा सकते हैं। जो जड़ों तक पहुँचते हैं वे अलग लोग होते हैं, जो मात्र सपनों तक पहुँचते हैं, वे जड़ होते हैं।'

चेतन, जड़ता की बात कर रहे थे। प्रारब्ध कुमार को चेतन के इस काल्पनिक संवाद की उम्मीद नहीं थी। वे तो मग्न होकर अपनी दिशा में चले जा रहे थे। उनके पीछे-पीछे सड़क पर उनके क़दमों के अक्स दो-मुखी होते जा रहे थे। चेतन उन अक्सों को देखकर, प्रारब्ध कुमार के भीतर ही भीतर रात्रि के ध्यान से ठीक उस वक़्त बाहर आ गये थे जब वह उनसे पूछ रही थी कि 'अक्ल का

क्या अर्थ है?'

जिसके जवाब में उन्होंने उससे कहा था

'क्ष = य'

चेतन कह रहे थे कि एक समय तक, जब तक अक्ल हम तक न पहुँचे, हमारा समय भी 'एक' ही रहता है। अक्ल की देरी, समय का क़त्ल है। अक्ल के आने की देरी, गुजरते समय की महत्ता को रोके रहती है। जब तक अक्ल नहीं आई है, उसका इन्तजार रहता है। अक्ल के आते ही, उसके इन्तजार के इन्तकाल के साथ ही, गुजरते समय की ग़ैरत अर्थपूर्ण हो जाती है। अक्ल और समय का सम्बन्ध बड़ा ही रुचिकर है और जटिल भी। रुचिकर ऐसे कि जिस 'एक' समय में अक्ल आती है ठीक उसी क्षण समय अपने 'अनेक' अर्थों में हो जाता है और जटिल ऐसे कि उस अनेकार्थी बोध से ही अक्ल अपने एकत्व में होती है। अक्ल और समय जैसे किसी प्रिज्म में क़ैद थे, जिसके संसर्ग में आते ही समय अपने 'समयों' में बिखर जाता हो, अपने समग्र रंगों, अर्थों और आशयों के साथ। जैसे समय का अपनी सार्वजनिकता में और अक्ल का अस्तित्व में आना समकालिक हो।

इन्तजार में समय, अक्ल के समान व्यक्तिगत होता है । समय से फलती अक्ल और अक्ल से फैलता समय, व्यक्तिगत से सार्वजनिक होने की परिणति से शुरू होकर सार्वजनिकता में निजत्व को खोजने का उत्स बनते जाते हैं।

अक्ल और समय जैसे उस प्रिज्म में ही एकत्र थे।

अक्ल और समय के युग्म की जटिलता में एक अदृश्य कारक और भी है, कि यह जटिलता इस कारक के अन्धकार में होने से ही अपने प्रकाश में आती है। कारक है, अक्ल और समय की गाँठ में बँधा देश...

क्योंकि अक्ल आ गयी है, तो यह भेद भी खुल गया है—

कि

प्रिज्म के भीतर जो बिन्धा है, वही देश का 'बीज' है।

कि

गुम्फित बीज के बोध में जब समय अपनी शिथिलता को तोड़ता है, तो उसकी अनेकता उस गुम्फन का ही आवर्तन है।

कि

देश-घनत्व और समय-वैविध्य का फलन ही अक्ल है।

कि

समय की पंखुड़ियों में पराग की तरह क़ैद यह बीज जिस देश में झरता है—वहीं अक्ल है।

कि

ठहरा समय ही काल है।

कि

काल-बोध ही अक्ल है।

कि

समझ = समय

कि

झ = य

रात्रि के प्रश्न पर चेतन के इस तर्क को प्रारब्ध कुमार ने सुन लिया था। वे हैरत में थे। लौटते हुए दोपहर की धूप बारिश में धुलकर धीमे-धीमे शाम की श्याम चादर बन चुकी थी। शीशमहल की देहरी उनकी वापसी से पहले, रात के अँधेरे में विलीन हो चुकी थी।

उन्होंने रात्रि-प्रहर में शीशमहल में अपना पहला क़दम रख दिया था।

वे रात्रि को अपने शीशमहल के रंगीन कुहासों में अपनी कोठरी के अँधेरों में साथ ले आए थे।

रात्रि से उनकी कोठरी का अँधेरा वैसे ही कट गया था जैसे, लोहा लोहे को काटता है।

❑❑❑

णाणं

पयासयं

वीर नि.सं. 2470

ई सन् 1944

भारतीय ज्ञानपीठ